罪人に手向ける花

大門剛明

ハルキ文庫

JN122051

角川春樹事務所

目次

第一章　五十一パーセントの正義

1

タイヤにチェーンを巻いた乗用車が、警察署へ帰って行く。

本宮清成《もとみやきよなり》は検事室の窓際の席から、その様子を眺めていた。

金沢法務合同庁舎の外は雪。思った以上の強い降りだ。

「おつかれさまです」

背後からコーヒーのカップが差し出された。

「一気に降ってきちゃいましたね」

本宮は受け取ったコーヒーをすするが、検察事務官の立原愁一《たちはらしゅういち》は口をつけない。熱いと飲めない猫舌だ。

「殺人未遂の新件もあったのに、最後の被疑者が一番時間がかかりましたね」

「ああ」

この日、四件目の身柄事件の取調べは、雪が降り始めるまでには終わらなかった。

普通、被疑者は何人かまとめて押送バスで帰って行くのだが、最後の被疑者だけ単独押送にしてもらったのだ。罪名は窃盗。事件自体は軽微なものだったが、どうしてもと言って負担をかけた。

「今日はバスケ部の練習の日だったろ。行けなくなってすまんな」

「いえ、とんでもないです」

立原はそう言って微笑《ほほえ》んだ。

「窃盗の常習者か。普通なら、あっさり起訴して終わりでしょうに」

「私はただ、裏がある気がして慎重になっていただけだ」

実際は裏なんてものはなかったが、時間をかけるだけのことはあったように思う。あの若い被疑者……気持ちを汲《く》んでもらえたのは初めてだと大粒の涙を流していた。

「毎日被疑者に向き合っていると、流れ作業のようになってくるけどな。一人一人、抱えている事情は違う」

「一つとして同じ事件はない」

そう言ってから立原は微笑んだ。

「三席がよく言われることですよね。いつも肝に銘じています」

「そうか」

照れくさくなってきて、本宮は言葉を切る。立原が感心してくれるものだから、ついつい格好つけたことを先輩ぶって言う癖がついてしまった。

「三席に担当してもらえる被疑者は幸せですね」

立原は、ぬるくなったコーヒーにようやく口をつける。

先日、次席検事に呼び出されて異動先の打診があった。今度の赴任先は島根になるようだ。まだ二十代の頃《ころ》、臨時で東京地検特捜部に向かったときは期待されているのかと胸が高鳴ったが、それっきりだった。全国津々浦々、転勤を繰り返していくうち、気づけばもう五十近くになった。とうに出世コースから外れているので、異動も気が楽だ。

「立原くんはこの仕事、四年目だったな」

「はい」

二年目で花形と言われる立会《たちあい》事務官に抜擢《ばってき》されただけあって、いろいろなことによく気がつく青年だ。何より仕事への情熱を感じる。検察庁のバスケ部でも活躍しているそうだ。

「いずれは司法試験、受けるつもりなのか」

「はい。二十世紀の間に受かりたいです」

「勉強はできているのか」

「まあ、ぼちぼちです」

立原の実家は小さな会社を営んでいたが、バブル崩壊のあおりで倒産。合格していた私大に進学することをあきらめて就職する道を選んだのだという。この先、副検事から特任検事を目指すというルートもあるが、彼ならいずれ司法試験に十分受かるように思う。

「三席のことを見ていて、つくづく思うんです。検事の仕事って難しいですよね。起訴すればほとんど有罪になる。それだけに判断ミスは赦《ゆる》されない」

「まあな」

「起訴しない場合だって被疑者の処分を決めないといけませんし、求刑だって間違っちゃいけない。検事は実質的な裁判官です。こんな責任ある仕事、まともな神経じゃ無理でしょう」

「確かにな」

二十四歳で検事になったときは、過分な責任に身震いした。精密司法と言われるが、一年に二百件もの案件を処理していると、次第に麻痺《まひ》してくるものだ。こうして改めて指摘されると初心を思い出す。我ながらよくこんなことを二十年以上も続けているものだ。

「ただそれだからこそ、やりがいもあるだろうなって」

「立原くんは、いつも前向きで偉いな」

「いえ。全部、三席のおかげです。自分もこうなりたいっていうイメージができたからこそ、検事を目指す決意が固まったというか。毎日一緒に仕事させてもらうのが、すごく充実していて楽しいんです。だから、あと少しで三席がいなくなると思うと本当にさみしいですよ」

こちらもだと言いかけて、気恥ずかしさに結局飲みこむ。

「さてと、今日の仕事もそろそろ終わりにするか」

そそくさとトイレに立った。

検事と立会事務官がペアを組んで被疑者と接していくスタイルは、ベテランでも新任でも変わりない。立原と組んだ当初は何もできない若造を押し付けられた感覚だったが、素直で飲み込みの良い彼との仕事はやりやすかった。育てた、と言っては言い過ぎかもしれないが、この二年、立原の成長を見守ってきた。これまで幾度も転勤を繰り返してきたが、別れが惜しいのは初めてかもしれない。

検事室に戻ると、立原が慌てていた。

「三席、警察から電話がありました」

「どうした？」

「検視の依頼です」

「わかった。すぐに向かう」

「ご一緒します」

二人は慌てて検察庁を出ると、立原の運転で現場へと向かった。

到着したのは午後十時過ぎだった。

現場となったのは缶詰工場だ。雪が降りしきる中、『カネゾウフーズ』の前には無関係の傘の花が咲いている。人が死んだ、と興奮気味の酔っ払いが不謹慎に叫んだ。

検視は検事の仕事の一つだ。司法解剖に立ち会うこともあるが、事件現場に直接赴くこともある。いずれにせよ、遺体と向き合うことは避けられない。

立原から手袋を渡され、両手にはめる。

「本宮検事」

後ろから声をかけてきたのは、知りあいの刑事だった。

「こちらへ」

野太い声に誘導されて現場に足を踏みいれる。

「犯人はまだ特定できていません」

「殺されたのは？」

「この会社の経営者、岡野《おかの》兼造《かねぞう》さんです」

「えっ」

声を上げたのは、立原だった。

「どうした？」

問いかけるが、目を見開き呆然《ぼうぜん》としている。

「立原くん」

「……あ、すみません。続けてください」

表情がおかしなままだったが、刑事は気にする風でもなく説明を始めた。

「発見者は岡野さんの息子さんです。帰りが遅いので電話をかけたがつながらず、心配して会社まで見に来たそうです。その時、知っている従業員らしき男が逃げていくのを目撃したと話しています」

「らしき……というのは？」

「はい。薄暗い中で見かけたので自信がないそうです」

「とりあえず、その男に話を聞く必要はあるな」

現場となった事務室の中に入る。

つなぎを着た老人の遺体があった。血まみれだ。鋭利な何かで胸部と首筋を刺されている。立原がこらえきれないように顔を背けた。

「現場に凶器は残されていなかったってことですね」

「はい。捜索中です」

本宮は静かに目を閉じて手を合わせた。

どうしてこんなまねができるのだろう。これまで何度も殺人事件の現場に赴いたが、そのたびに強く思う。犯人を赦してはいけない。その思いが、燃え立つように全身を駆け巡っていく。

目を開けると、隣で立原も手を合わせていた。顔が青ざめ、指先は小刻みに震えている。どうも立原の様子がいつもと違う。単純に、惨《むご》い殺され方をした被害者を目にして気持ちが昂《たかぶ》っているというわけでもなさそうだ。

「行くぞ」

小さく声をかけると、はっとしたように立原は顔を上げた。本宮は事務室を出ると、しばらく工場内とその周辺を見てから、事件現場を離れた。

帰り道、ハンドルを握る立原は、いつになく寡黙だった。

「大丈夫か」

問いかけると、ぴくりと反応した。

「さっきからどうしたんだ」

「それは……」

苦しそうに顔を歪《ゆが》める。しばらくして信号で止まると、立原は話し始めた。

「知ってる人だったんです」

「被害者のことか」

「ええ。子どもの頃に世話になっていて」

もしかすると知人なのではと思ったが、本当にそうだったのか。

「現場の場所を聞いて、あれって思ったんですけど。まさか本人だなんて」

「そういえば、あの辺りに住んでいたことがあるって言ってたな」

「ええ。おもしろくて優しいおじさんでした」

立原の口調は静かだった。

「今は隔週ですけど、昔って土曜日の学校が全部半日だったじゃないですか。うちみたいに親が忙しい家の子には、岡野さんが昼飯をごちそうしてくれて。缶詰もよくもらっていましたよ。空き缶の工作を教えてくれたり、近所の子を集めて遊んでくれて……」

「いい人だったんだな」

「そうです。だから、あれが岡野さんだなんて思いたくなくて……でも、どう見ても僕が知っている岡野さんでした」

立原はハンドルを握りながら、ゆっくりと首を横に振る。

「何でだろう。今まで殺人事件って何度も見てきたのに、知っている人が無残に殺されているっていうのは特別こたえますね」

本宮は静かに息を吐く。そうかもしれない。

その後は二人とも、ずっと黙っていた。

いつの間にか検察庁に着いていた。車から降りると、雪は嘘《うそ》のようにやんでいた。

2

眠りが浅いまま迎えたのは、いつもと同じ朝だった。

官舎を出て、検察庁へ向かう。

「おはようございます」

立原だった。いつもより気合が入っているように見える。

「今日、例の被疑者が送検されてくるんですよね」

「ああ」

岡野が殺された事件は数日で大きく動いた。

加瀬《かせ》高志《たかし》。

それが逮捕された男の名前だ。『カネゾウフーズ』の工場で働いている従業員で、その日は自宅に帰ったはずなのに現場から逃げていくのを目撃されている。また加瀬は金に困っていて、岡野に給料の前借りを頼んでいたという。動機もあることから捜査線上に上がっていた。

立原と一緒に次席検事室に入る。

「失礼します」

机の上に置かれた山積みの書類が目に入る。その向こうに次席検事の顔があった。

「缶詰工場の事件は本宮、お前に任せる。他にも面倒な事案を配点していてすまんが問題ないだろう」

「はい」

初動のときからこの事件は、本宮のものだ。立原も当然といった顔をしている。

「じゃあ、よろしく頼むぞ」

「任せてください」

次席は口元を緩めた。

「まだ加瀬は吐いていない。目撃証言だけでは弱いから、お前が割ってくれ」

書類の束を渡された。ずしりと重い。軽く肩を叩《たた》かれ、次席検事室を出た。

「やっぱりでしたね」

「ああ、願ったり叶《かな》ったりだったが……立原くんもそうなんだろ？」

「もちろんです。これで別の検事になってなったら、肩透かしですよね」

知人が被害者ということで、立原は私的な感情を抑えきれないようだ。だが動揺した様子はすでにない。犯人のことを赦さないという使命感に駆られているのだろう。自分も少なからず、その影響を受けているようだ。

二人は検事室へと戻った。

窓際に本宮の机があって、その右斜め前につけられた机が事務官の立原のものだ。本宮の正面、中央の椅子《いす》に被疑者が座って取調べが行われる。

送致記録を読む。現場の状況は実際、この目で見たので熟知している。悲惨。そうとしか言いようのないものだった。

「三席、目撃証言についてですが信憑《しんぴょう》性はどれくらいのものでしょうかね」

「暗がりだったから断言はできないそうだが、確かに加瀬に似ていたと。岡野さんの息子さんも缶詰工場で働いているから、従業員の顔はよく知っているそうだ。大方間違ってはいないだろう」

立原はうなずく。

「凶器だけでなく、手提げ金庫も見つかったそうですね」

岡野を殺した凶器は切り出し小刀だった。現場から百メートルほど離れた空き地の側溝から見つかっている。同じ場所から盗まれた手提げ金庫も発見されたという。

「ああ。そこには現金、五百十万円が入っていたそうだ」

「そんな大金を、なんで金庫なんかに？」

「社長が慈善事業を立ち上げるために、銀行から引き出してきたところだったようだ」

工場の近くの土地に食堂を作ると、周囲にも話していたらしい。

「そういえば、岡野さんは昔から言っていました。地域の子どもが集える憩いの場所を作りたいって」

「長年の夢をようやく叶えようとしていた矢先に、命も金も奪われたってことか」

どうしてそんな善人が、惨い目に遭わなければならないのか。遺体を目にしたときの、やるせない思いがよみがえってきた。

押送バスが到着し、被疑者がやってきたようだ。

本宮は立原の方を向くと、目で合図した。

立原は受話器を手にする。

「加瀬高志、上げてください」

扉が開き、加瀬が警察官に連れられて入ってきた。

小柄な男。それが第一印象だった。

ろくに寝ていないのか、げっそりとした顔だ。手錠を外されると着席し、腰ひもを椅子に結び付けられる。

加瀬は死んだ魚のような目で、本宮の名札を見つめていた。

いつものように、本宮はにこやかに切り出した。

「ではあなたの名前を教えてください」

「……加瀬高志です」

「生年月日は？」

「昭和三十五年七月二日です」

「職業は何ですか」

「『カネゾウフーズ』の従業員です」

「住所、本籍地をお願いします」

公判と同じような人定質問が終わり、黙秘権や弁護人選任権について告知するが、加瀬は生返事するだけだった。

「あなたには強盗殺人の容疑がかけられています。……『カネゾウフーズ』事務室に侵入。岡野さんを殺害し、手提げ金庫を盗んで逃走したという容疑です。加瀬さん、この事実に間違いはありませんか」

しばらく待ったが、答えはなかった。

立原は加瀬の一挙手一投足、心の動きまで見逃すまいと鋭い視線を投げかけている。加瀬の視線は本宮に向いているが、目の焦点は合っていない。どこを見ているでもなく、ただ目を開いているという感じだった。

「もう一度、お聞きします。あなたは岡野さんを殺したのですか」

立原も、じっと我慢した顔で加瀬を見つめている。

「質問を変えます。被害者の岡野さんとあなたは、どういう関係ですか」

「缶詰工場で働かせてもらっていました」

ぼそぼそと小さな声で加瀬は答えた。

「岡野さんのことをどう思っていますか」

本宮の問いに、加瀬はしばらく沈黙した。

問いを重ねずに待っていると、やがて加瀬は口を開いた。

「とても……いい人だと」

「それなのに殺したんですか」

ずっと黙っていた立原が口を挟んだが、加瀬はそちらに一瞥《いちべつ》をくれただけだった。

少し間を空けて、本宮は問いを発する。

「加瀬さん、奪われた現金は何のためのお金だったか、ご存知《ぞんじ》ですか」

その問いにも、加瀬は無言だった。

「一人ぼっちでお腹《なか》を空《す》かせている子どもたちが、あたたかいご飯を食べられる食堂を作る。あのお金は、その夢を叶えるためのものだったそうです」

うつむいたままだったが、加瀬はぴくりと反応した。

本宮は言葉を続ける。

「岡野さんは戦後、貧しい中で会社を興されたそうです。その時の苦労を覚えていて、自分はたまたま成功したに過ぎない。未来を担う子どものためになることをして、社会に恩返しがしたい。そんな思いを強く持っていらっしゃったとか」

加瀬は上目遣いにこちらを見た。

「少し前に奥さんを亡くされて……自分も老い先長くない、今こそ積年の夢を叶える時、と一念発起したところだったそうです」

「………」

「もしあなたがお金を奪ったのなら、心にとめてください。それは岡野さんが地域の子どものためにと用意した、そんなお金だったということを」

話しかけている間、加瀬はほとんどうつむいていた。

ただそのうつむきは後ろめたさの裏返し。こちらの言葉が届いているという感触があった。それならば、一気に行けるかもしれない。

「加瀬さん。実はここにいる彼も、岡野さんに助けてもらった一人なんです」

急に本宮に話をふられた立原は、驚きつつも首を縦に振った。

「僕の家は両親が忙しくて……一人ぼっちで食べなきゃいけないときとか、岡野さんが会社に呼んでくれたんです。食べさせてもらったり缶詰をもらったり、でも全部、出世払いでいいって。すごく優しい人でした」

加瀬は立原の思い出話を黙って聞いていたが、握りしめた手は震えていた。

やはり効いている。

この男は、おそらく犯人で間違いないだろう。老人を殺して金を奪った極悪人。とはいえ、憐憫《れんびん》の情が全くないわけではないのだ。情状酌量の余地がないのは行為であって、人そのものではない。そのずれが、時に真実を明らかにしていく。

悪人のまどい。

その瞬間を逃してしまうと自白はとれなくなる。おかしな言い方だが、おそらくそれが今、この逢魔《おうま》が時、いや逢神が時とでも言うべき瞬間だ。

本宮は、加瀬の背中をそっと押すように問いかけた。

「あなたが殺したんですか」

すぐに返事はなく、沈黙が流れた。

駄目なのか。こいつが揺れたと思ったのは錯覚か。

そう思ったとき、絞り出すような声が聞こえた。

「……はい」

立原は大きく目を開けている。

本宮は加瀬の目を見て、ゆっくりとうなずく。

加瀬は今、自白した。

「岡野さんをどのように殺したのか教えてください」

自白を確かにするため、本宮は問いを重ねる。

「首を絞めたんですか？　それとも……」

「刺し殺しました」

遮って加瀬は答えた。立原は鋭い視線を送る。加瀬は切り出し小刀とまでは言わなかったが、それらしい刃物で刺したと続けた。

「なるほど。その刃物は現場に残っていなかったようですが、あなたがどこかへ？」

「はい。外へ持って行って捨てました」

加瀬は吹っ切れた顔をしている。根は素直なのだろう。気が変わらないうちに、淡々と聞き出すのみだ。本宮は穏やかに問い続ける。

「どこに捨てたんですか」

「はっきりとは覚えていません」

この辺りは後で確認する必要があるだろう。

「奪った金庫はどうしたんですか」

「人が来たんで、刃物と同じところに捨てました」

「加瀬さん。あの日は勤務を終えた後、ずっと工場にいたんですか」

「いえ、一度家に帰ったんです。だけど携帯がないことに気づいて、工場に忘れたんだろうって取りに戻ったんです」

「工場に戻ったのは何時頃でしょうか」

「たぶん、夜の九時くらいだったと思います」

加瀬は記憶をたどるように語った。

「ロッカーの中に携帯が落ちているのを見つけました。それで、すぐ帰ろうとしたんです。でも途中で……」

「途中で？　どうしたんですか」

加瀬は、考えこむようにしてから口を開いた。

「事務室に忍び込んで金を盗むことを思いついたんです。誰《だれ》もいないからチャンスだって。でも社長に見つかってしまって……それで、殺しました」

そこで少し間が空いた。

自白を始めてから素直に供述していたはずなのに、ここに来て何か違和感があった。本宮は加瀬の表情を見つめる。何かありそうだが、焦っては駄目だ。責めずに、間合いを詰めていく。そう思っていたとき、ずっと黙っていた立原が口を開いた。

「どうして岡野さんを殺そうと思ったんですか」

加瀬はうろたえながら目をぱちくりさせた。

「こっそり忍び込んだのに見つかってしまったから」

「それだけ、ですか」

立原の追及に、加瀬は表情を曇らせた。

「個人的な感情とか、他に理由はないんでしょうか」

「立原くん」

本宮は小さな声で牽制《けんせい》した。真実か嘘かはさておき、せっかく話す気になっているのに、そんな聞き方をしては逆効果だ。

しばらく間が空いたが、ようやく加瀬は口を開いた。

「見つかったから殺した。それで十分でしょう」

「十分って……あなたは自分のやったことがわかっているんですか」

立原は強い口調で責めた。いつもなら本宮を差し置いて口を出すことは決してないのだが、被害者の岡野が知りあいなだけに感情の抑制が利かないようだ。取調べには流れがある。微妙な空気の加減で、素直に語ってくれたはずの被疑者が口を閉ざしてしまうこともある。案の定、加瀬は下を向いて口をひん曲げてしまった。

おそらくこれが今日の限界だ。日を改めた方がいいだろう。

まあ、まだ取調べは初回だ。自白を引き出せたことは大きい。本宮は机に置いた手を組むと、静かに語りかけた。

「それでは加瀬さん、今日はこれで結構です」

苦しそうに、加瀬は天井を見上げた。立原は物足りなそうに唇を噛《か》みしめている。

「これから十日、あるいは勾留《こうりゅう》期間延長も含めた二十日、あなたの身柄を勾留し、取調べていくことになりますので」

加瀬は微動だにしない。

警官が椅子から立ち上がらせようとすると、その手を払いのける。自分で立てると言い放って検事室を後にした。

加瀬が送検されてきてから数日が経《た》った。

澄み切った空のもと、本宮と立原を乗せた車は、犀川《さいがわ》に沿って走っていた。

「もう加瀬が犯人で間違いないですね」

ハンドルを握りながら立原が言った。

ついさっき、警察から連絡があった。ひき当たり捜査の結果、加瀬が切り出し小刀や金庫を捨てた場所について正確に指し示したらしい。

「だが感情的になるな。目が曇るぞ」

「あっ、はい。すみません」

申し訳なさそうに立原は体を小さくする。先日の取調べ後、こちらから指導するまでもなく立原の方から謝ってきた。出過ぎたまねをしてすみません、と。

「あいつの語った動機の裏には何かある。それは私も感じたことだが、直球で行っても加瀬は頑《かたく》なになるばかりだろう」

「外から、じわじわと、ですね」

「やり方はいろいろあるんだ。慎重にな」

「はい。今日も何か見つかるといいですね」

今、車で向かっているのは加瀬の自宅だ。

「加瀬には子どもが一人いるんでしたっけ？」

　立原が口を開いた。本宮は、ああと答える。

「まだ八歳かそこらだったか」

　加瀬の妻、千草《ちぐさ》に事情を聞かせてほしいと連絡したが、自宅がマスコミに囲まれて外出するのが困難だという。自宅の様子を見がてら彼女の話を聞きに、こちらから出向くことになった。

　団地の脇《わき》に車をとめ、薄暗いエレベーターに乗って三階まで上がる。角部屋のチャイムを鳴らした。

「検事の本宮です」

　少しして、扉の向こうから女性が顔を出した。

「どうぞ中へ」

　加瀬の妻、千草は険しい目をしている。髪は乱れていて、視線が落ち着かない。夫の逮捕に混乱しているということが手に取るように伝わってくる。

　中は散らかっていた。家宅捜索後、片付ける気力もないのだろう。立原が床にあったミニカーを踏んで壊してしまい、謝った。台所にはカップ麺《めん》の容器がいくつも転がっている。

　しばらく当たり障りのない話をした後、本宮は柔和な顔で切り出した。

「ご主人は被害者の岡野さんについて、何か言っていましたか」

「とてもいい社長さんだって」

「仕事上の不満とか、何か揉《も》めている様子もなかったということですね？」

「ええ、たぶん」

事件の日、加瀬の様子はどうだったか詳しく聞いていった。一度帰宅した後、携帯を探しに戻ったことなど、その時間もすべて相違なかった。

「わかりました。それでは……」

「検事さん、主人は本当に岡野さんを殺したんですか」

本宮の質問を遮って千草は問いかけてきた。

「殺人なんてするかって私には怒っていたんです」

救いを求めるような表情に心が痛んだが、まっすぐに目を見た。

「ご主人は岡野さんを殺したと自白されました」

「そんな……」

証言どおりに凶器も発見されたと伝えると、千草は真っ青になり震え出した。

「それじゃあ、あの人、どうなっちゃうんですか。この先、何年くらい刑務所に入ることになるんですか」

「まだわかりません」

「どうして。どうしてこんなことに。ひどすぎる」

千草は髪を激しくかきむしった後、うなだれた。

立原が心配そうに見つめている。新しい収穫はなかったが、今日はこれくらいにして帰るべきだろう。

「また何か気づいたことなどありましたら、ご連絡ください」

礼を言って頭を下げると、玄関を出た。

立原が一度、振り返る。

「奥さんは気の毒ですけど、現実を受け止めてもらうしかないですもんね」

「ああ……そうだな」

車に乗りこもうとしたとき、背後から何かがぶつかってきた。

振り返るが誰もいない。

視線を下げると、わめくような声が耳をつんざいた。

「犯人じゃないよ」

野球帽をかぶった男の子だった。七、八歳くらいか……きっと加瀬の息子だろう。

「お父さんは人殺しじゃない！」

男の子はもう一度、叫んだ。

立原は車のドアに手をかけたまま驚いている。

本宮はしゃがみこむと、その幼い顔を見つめた。これ以上ないほど混じり気のない、まっすぐな目だった。

「坊や、どうしてそう思うんだ？」

静かに本宮は問いかけた。

「やってないったら、やってない」

小さな拳《こぶし》を握りしめ、ぽこぽこと本宮の腹部を叩いた。されるがままになっていると、今度は腕につかみかかって噛みつこうとする。まるで子犬だ。

「涼真《りょうま》、何やってるの！」

声を聞きつけたのか、千草が出てきた。慌てて男の子を本宮から引き剝《は》がす。

「すみません、怪我《けが》はないですか？」

「大丈夫です」

「ほら。検事さんにごめんなさいして」

「いやだ、謝らない。お父さんは悪くないんだ！」

途端に大きな声で泣きじゃくり始めた。千草は青い顔をして周りをきょろきょろ見ながら、男の子の口をふさぐ。抱きかかえるようにして引きずっていった。

泣き声が遠ざかって消えたとき、立原がつぶやいた。

「涼真って名前なんですね、加瀬の息子」

「そうだな」

「子どもって健気《けなげ》だなあ。何があろうと父親のことを絶対的に信じているんですね」

本宮は嵐《あらし》が去っていった方を見つめて、痛くもかゆくもなかった腹を触る。女の子のようなかわいい顔で、父親には似ていなかった。

「行きましょう、三席」

立原に声をかけられ、車に乗りこんだ。

3

あれから何日経ったのかわからない。

一日一日の境も曖昧《あいまい》で、時間があっという間に過ぎていく気もするし、逆にゆっくり過ぎる気もする。

加瀬高志は押送車の中にいた。

刑事たちに脇を固められている。今さら逃げるはずもないのに、暑苦しい。久しぶりに外へ出られたと思ったら、連れて行かれたのは工場の方だった。

取調べで自白したが、今度は現場でいちいち確認をするらしい。警官たちを引き連れるようにして歩かされ、小刀を捨てたのはこの場所だと示す。刑事たちは満足そうにうなずいた。

どうしてこんなことになってしまったんだ。今さらのように思う。張り詰めていた糸のようなものが切れてしまった。そんな気分だ。

もう、すべてがどうでもいい。これまでの三十八年のごみのような人生は、さらにくそのような人生へと変わっていった。

睡眠はまともにとれていない。

押送される途中のほんのわずかな時間、うたた寝をして夢を見た。

吹雪《ふぶき》の中を走っている夢だ。頭や顔に降りかかる雪を払う。注意がそれた瞬間、トラックが目の前に現れてクラクションが響き渡る。もう駄目だと思ったところで目を覚ました。

またこの夢か。

どんだけ追いつめられているんだよ、と自分につっこみたくなる。

警察に戻ると、すぐに面会だった。

「二番、出なさい」

数字の二が書かれたサンダルを履き、警官に連れられていくと、妻の千草だった。相変わらず辛気《しんき》臭《くさ》い顔だ。こいつは高校時代から変わらない。すぐに不満を顔に出す。

「あんた嘘ついたの？　ねえ」

千草は涙声だった。

「何のことだ？」

「検事に聞いたのよ。自白したって。殺人なんてするかって私には言ってたよね？」

加瀬は虚《うつ》ろな目で、千草を見つめた。

「すまないな」

はっとしたように千草は息を止める。その後すぐに、鬼のような形相になった。

「やっぱり殺したのね」

刺すようなまなざしから、加瀬は目をそらす。

「どうしてくれるのよ。あんたとなんか結婚するんじゃなかった」

「千草、お前」

「私の人生を返してよ！」

「黙れ！」

　怒鳴り返すと、千草は泣きながら顔を両手で覆った。立ち会いの警察官が、人ごとだと思って面白そうに見ている。

　わかっている。俺《おれ》が悪いんだろう。腐れ縁とはいえ高校からの付き合いで結婚した仲だ。せめてもう少しだけでも気遣ってくれたっていいのに。

　千草は見せつけるように、しばらくの間さめざめと泣いていた。無言の圧力にうんざりしてきたところで、ようやく千草は顔を上げた。

「本当に……私、これからどうすればいいのよ。涼真だってまだ小さいのに」

　恨めしそうに息を吐く。

「とりあえず、何とかしなきゃ」

「もう俺のことはほっとけ」

「はあ？　放《ほう》っておけるわけないじゃない。いい弁護士さんを見つけないと」

「そんなもん、いらん」

　すぐさま千草に睨《にら》まれた。

「いらん、なんてわけにいかないでしょう。強盗殺人って死刑になるかもしれないって聞いたんだから」

「死刑になるなら、それでもいい」

「あんたはよくても私はどうなるのよ。死刑囚の妻ってことになったら、私もう世間で生きていけないじゃない」

つまりは自分の心配か。苦笑いする気にもならない。

「もうほんと、ふざけないで」

千草の顔は怒りに震えていた。

だがもう何もかもどうだっていいのだ。

どうせくそのような人生だ。友人の連帯保証人になってやったのに裏切られ、借金を背負ったことを愚痴れば誰からもお前が悪いと責められる。

思えば子どもの頃からそうだった。勉強も運動もできず、背もクラスで一番低くて馬鹿にされた。唯一優しくしてくれた千草の心も、とっくの昔に離れている。

「こうなる前に、さっさと離婚すればよかったな」

「そんなこと……涼真だっているんだし。今さら言っても仕方ないじゃない」

けんかするたびに何度も離婚するかという話になったのに、行動に移すのも面倒だから、今までずるずるやってきた。

「でも、そうよね。涼真のためにも、先のことを考えないとね」

涼真のため、か。千草はとっくに見切りをつけているのだと顔を見ればすぐわかった。

そうだ。俺のことなんか見捨てて、みんな離れていけばいいんだ。

「涼真は元気か」

大して興味もないのに、話題を変えたくて聞いてみた。

「元気も何も、あの子大変なんだから」

「どういうことだ？」

「驚いちゃうのよ。こんなにテレビや新聞で騒いでて学校も行けなくなっちゃったっていうのに、今も本気で父親のあんたの無実を信じてるんだから」

加瀬は顔を上げた。

「……あいつが？」

「そう。こないだ検事がやって来たときもね、大変だったの。お父さんはやってないって泣きわめいて検事につかみかかって大騒ぎ。団地中に聞こえるんじゃないかって、もう冷や冷やしたわ」

信じられない内容だった。

「お父さんに会いたいって、毎日泣いているのよ」

「うそだろ」

「本当だって。でも、ここには絶対に連れてこないから。小さい子どもにショックを受けさせたくないもの」

その後は、マスコミや近所の人の嫌がらせについて千草が愚痴をこぼし始めたが、警官に打ち切られた。十五分の面会時間は、あっという間に終わった。

警官に連れられて留置場の部屋に戻る。それぞれ三と五の番号が振られた男どもが、こちらをちらりと見た。どちらもやくざだ。視線を合わせないようにして隅っこへ座ると、千草としゃべったことを一つ一つ思い返した。

「……お父さんはやってない、か」

周りには聞こえないくらいの小さな声で、そっと口にしてみる。

不思議だった。すべてがどうでもよくなっていたのに、何かが変わり始めていた。

俺に会いたいと言って泣いている。

そんな人間、この人生の中で一人でもいただろうか。

加瀬は床にごろんと横になると、天井を見上げた。

涼真のことは苦手だった。父親としてどう接していいかわからないというのが正直なところだ。父親を知らずに育ったし、子どもは苦手だった。千草が横にべったりで世話を焼き過ぎるのもあって、いつも少し離れたところから見ている感じだった。

あいつは赤ん坊の頃から賢かった。父親に似ているとは誰にも言われたことがない。本当は俺の子じゃないのではと、少しだけ疑っている。

趣味も合わない。スポーツといえば加瀬はサッカーが好きなのに、あいつは野球にしか興味がない。最近は、たまごっちやゲームボーイばかりしていて、父親のことなんて目に入っていないのだと思っていた。

それなのに……。

加瀬は涼真の顔を思い浮かべる。

小さな手。手をつないだときのぬくもり。

生まれたばかりのあいつを初めて見たときの感動。

抱き上げたときの笑い声。

あいつが無実を信じてくれている。こんな俺を……。

初めは、ほんの小さな光だった。だが今はちゃんと感じられる。胸の奥深くにあったかい光が灯《とも》っているのを感じた。

4

その晩、本宮はいきつけの飲み屋にいた。

ヘビースモーカーの掃《は》き溜《だ》めのようにヤニくさく、女気のない武骨な居酒屋だ。

「おつかれさまです」

「ああ、ご苦労さん」

立原とジョッキを合わせた。多くの客でごったがえしており、話し声がかき消されて仕事の話をするにはもってこいだ。まずは腹ごしらえとばかりに、二人とも口数の少ないまま焼き鳥の串《くし》と枝豆をむさぼった。

「大将、治部煮《じぶに》！　二人前、追加でお願いします。あと、生中一つ」

「あいよ」

居酒屋『とり敏《とし》』は、金沢に赴任してから足繁《あししげ》く通っている店だ。最近は立原もついてくるようになった。

「三席のおかげで、治部煮のうまさに気づきましたよ」

「そうだろう」

本宮はここ金沢出身で、治部煮は子どもの頃からの好物だ。郷土料理で母がよく作ってくれた。鶏肉《とりにく》に小麦粉をまぶして、とろっと煮てある。いんげん、にんじん、すだれ麩《ふ》など具だくさんで、ワサビをつけて食べるのがたまらない。

立原も金沢出身だが、治部煮はこの店で初めて食べたそうだ。

「ビールがうまいですね。仕事帰りの一杯は最高です」

「よく飲むな」

店に来てからまだ半時間も経っていないというのに、立原は赤い顔してすでに出来上がっている。

いつ仕事に呼び出されるかわからないので深酒は禁物だが、まあ、たまにはいいだろう。息抜きも必要だ。本宮は煙草《タバコ》を取り出し、ライターで火をつけた。

「あ、僕もお願いします」

立原も煙草を差し出す。初めの頃、立原は煙草を吸わない派かと思っていたが、遠慮していただけだと判明した。最近は堂々と一緒に吸っている。

「最近の若いやつは、禁煙志向じゃないのか」

「僕は全然です。むしろきついのでないと」

「そりゃ、頼もしいな」

立原は、でしょう？　と快活に笑った。

検事はペアを組んでいる事務官と四六時中、顔を突き合わせている。家族よりもずっと長く一緒にいるわけで、少々鬱陶《うっとう》しく思っていた。立原と会うまでは。

向かいのテーブルで、サラリーマンたちが大声で語っている。

「どうせ最下位だろ。ドームの壁でホームランが届きませんってな」

「あほ、今年は違うぞ。守りの野球に変わったからな。若手も出て来てる」

Jリーグができてサッカーに押され気味とはいえ、どこの地方都市に行っても男が集まれば野球の話が聞こえる。ストーブリーグだというのに待ちきれないのだろうか。

「最下位チームが、そんなに早く変われるわけないだろ」

「じゃあ、賭《か》けるか？　Aクラスに入ったら十万円」

「おお、上等だ」

ここに検事がいるとも知らずに野球賭博《とばく》か。まあ、酒の席だ。何も聞かなかったことにしよう。立原の方を見ると、何か考え事をしているのか耳に入っていないかったようだ。

「どうした？」

「ちょっと思い出しちゃって」

前回は、ふられた女の話を延々と聞かされた。また蒸し返す気か。

「違いますよ」

「じゃあ、何を思い出していたんだ？」

「……加瀬の息子のことですよ。野球の帽子をかぶっていたなって」

思わぬ言葉だった。本宮の記憶もよみがえる。

「涼真くんでしたっけ？　お父さんはやってないって、信じ切っていましたよね」

「ああ。あんなに小さいのに父親が殺人犯になるなんてな。とんだ親を持ったもんだ」

立原は煙草の火をもみ消すと、ジョッキを傾けた。

「うちんとこもいい親父《おやじ》じゃなかったです。ストレスのはけ口になって、しょっちゅう叩かれましたよ。でも嫌いにはなれなかった。親父に褒《ほ》められたいって一生懸命で。子どもにとってはどんな父親でも、親は親なんですよね」

「そうだな」

「あの子、信じていた父親に裏切られたことを知ったら、どうなっちゃうんでしょう。そもそも現実を理解できるんだろうか」

「まあ……なるようにしかならんだろ」

本宮は鞄《かばん》からおもむろに手帳を取り出す。表紙に挟んであった写真を見せた。前歯の抜けた子どもが笑顔で写っている。

「私の子だ。ちょうど加瀬の子と同じくらいの年か」

「えっ。お子さんがいたんですか」

「言ってなかったか」

「初めて聞きましたよ。三席って、あんまりプライベートについて話さないじゃないですか。こんな小さい男の子がいたなんて」

「……女の子だ」

そう言うと、立原は驚いた顔で写真に目を近づける。すみません、とばつが悪そうに謝った。

「いいさ。日に焼けて野生児みたいだもんな」

「あ、はい……たくましそうなお嬢さんで」

立原の声は上ずっている。

「おいおい。女の子にたくましいはないだろう」

「はあ。すみません」

すっかり立原は小さくなってしまった。仕切り直すように本宮は咳払《せきばら》いをする。

「私が言いたかったのは、子どもは日々成長するってことだ。うちの娘を見ていても、それはよく思うんだ。今は理解できないことがあっても、いつかわかる日がきっと来る」

「あの涼真って男の子も、そうだってことですね」

「ああ、そうだ。親も一人の人間だって気づくときが来るんだ。つまり……」

その時、熱弁を遮るように本宮の携帯が鳴った。

表示されているのは知りあいの刑事の番号だった。他の客の声がやかましいので店の外に出た。

「はい、本宮です」

「本宮検事、まずいことになりました」

刑事は焦った声だった。

「どうしました？」

「加瀬が否認に転じたんです」

どういうことだ。今さらどうして？

「本当は殺していないと言い出して、今は完全に黙秘しています」

本宮は携帯を握りしめる。

「自白したのも脅されたからだ、と」

「は？」

頭に血が一気に上った。

「警察の取調べでは脅迫なんかしていませんよ」

「それは、うちもそうです」

検察でもいたって平和的に取調べている。本宮はたまらず問いかけた。

「ひき当たり捜査でも、加瀬は凶器と金庫を捨てた場所を正確に指し示したんでしょう？」

「そうです。ただ警察に誘導されてわけもわからず示したのだと言っています」

「……馬鹿な」

屁理屈《へりくつ》ばかりじゃないか。

「加瀬は比較的素直に供述していたじゃないですか。なんで急にそんなことに……」

「どうも加瀬に弁護人がついてから変わったようなんです」

「弁護人？」

「はい。古沢冨生《ふるさわとみお》っていうこの辺りでは有名な弁護士です。そいつにそそのかされたんじゃないですかね」

刑事はそう言ってふうとため息をついた。

「また動きがあったら、すぐに連絡します」

「よろしくお願いします」

通話を切ったが一気に酔いがさめた。外気の寒さなど感じない。店の中へ戻ると、心配そうに立原が待っていた。電話の内容を伝えると、立原も絶句していた。それからは二人とも飲む気になれず、早々に店を出た。

立原と別れると、駅まで歩く。

冬の金沢は、いつも曇り空だ。夜空を見上げるが、案の定、分厚い雲が覆っていて星は見えなかった。

新件の取調べを終えると、遅めの昼飯をとった。

煙草を吸って気分を切り替え、午後の仕事へと戻る。

弁護士、古沢冨生。

冤罪《えんざい》事件を多く扱うことで有名な人物だ。元検事のいわゆるヤメ検で検察のやり方を熟知しており、〝不起訴の古沢〟という異名をもつ。独特の嗅覚《きゅうかく》で動いているのだろう。政治家や要人からの信頼も厚いと聞く。

検事室へ戻ると、立原が待ち構えていた。

「応接室に客が来ています。三席に話があるそうで」

今日の予定を思い返すが、人と会う約束などしていない。

「いきなりか。誰だ?」

立原は戸惑うような表情を見せた。

「それが、例の加瀬の弁護人です」

「……古沢弁護士か。まるで奇襲だな」

「検察庁まで何の用でしょうか」

「さあな」

ちょうど古沢のことを考えていたところに本人がやってくるなんて笑ってしまう。すぐに二人で応接室に向かった。

ノックをして扉を開けると、楽しげな電子音が聞こえる。白髪交じりの男がソファに座ってゲームをしていた。立原がゲームボーイポケットだと言った。ゲームオーバーになったのか、古沢冨生は悔しそうに舌打ちすると顔を上げた。

「こんにちは、本宮検事」

そそくさとゲーム機をしまいこむ。

「アポなしですみませんね」

「何のご用です？」

「加瀬さんの身柄の早期解放をお願いしに来ました」

「勾留取消請求ということですか」

ええとうなずくと、怖い顔で古沢は本宮を睨んだ。

「彼は無実を訴えている。逃亡の恐れも証拠隠滅の恐れもありません。それなのに自白を強要され、凶器の場所も知っていたかのように偽装された。本宮検事、一刻も早くこの不当な人権侵害をやめなさい」

「そんなこと、できるわけないでしょう」

本宮は表情を変えることなく、古沢をじっと見つめた。

二人は睨み合う格好になった。立原は剣幕に押されて唾《つば》を飲み込む。

しばらくして、古沢は急に破顔した。

「やっぱり？」

「…………」

「無理だっちゅーの、って感じですか」

なんだこいつは……。

立原は苦笑いしたが、本宮は無視する。こうして訴えたところで保釈できるなど、まさか本気で思っているはずがない。

「狙《ねら》いは何ですか」

「はあ、だから身柄の早期解放をですね……」

「無理を承知でここまで来る理由は何かと聞いているんです」

古沢は口元を緩めた。なぜだか嬉《うれ》しそうに見える。

「そんなに怖い顔しないでくださいよ。私の仕事はですね……不起訴にもちこむ。この一言に尽きるんですよ」

本宮はじっと古沢を見つめる。〝不起訴の古沢〟という異名どおり、ということか。

「私は自慢じゃないですが、法廷ドラマみたいに公判でひっくり返すなんて格好いいこと、できません。起訴後の有罪率は九十九パーセント超えてるでしょ？　起訴されちゃったら終わりですのでね」

へらへらしつつも、古沢の目は笑っていなかった。

「でも殺人罪の起訴率は六十パーセントほど。不起訴なら十分に狙えます。そこにニッチな商売のタネは落ちているわけですよ」

古沢は小さな種を拾い上げるような仕草をした。

「私が加瀬を不起訴にすると思っているんですか」

「はい」

古沢は微笑みながら深くうなずいた。その自信はどこから来るのだ。

「これは自慢なんですが、私は正義に興味がない。俗な弁護士です。勝てると思ったからこそ、加瀬さんの弁護を引き受けているんです」

「古沢先生。あなたにどう言われようとも、加瀬の自白は任意によるものですよ」

「え？　そうなの」

「自白を強要した事実なんてありません。しかも彼は凶器や金庫を捨てた場所を正確に示している。誘導なんてどうしたらできるのか、こっちが聞きたいですよ」

本宮が言うと、古沢は細い目をさらに細くする。

「ふむ、困った。ピーンチ」

どう見ても困っていない顔だった。確実に不起訴にもちこめる策でもあるのか。

「では私はこれで」

にんまり微笑むと、古沢はノリのいい歌を口ずさみながら去って行った。

流行《はや》りのヒップホップだろうか。想像以上の変人だ。姿が消えると、こらえていた息を本宮は一気に吐き出す。何とも扱いづらい男だ。

「三席」

立原は黙って同席していただけなのに、どっと疲れた表情をしている。

「古沢って何か想像していたのと違うっていうか、変な弁護士でしたね。結局何をしに来たんだかよくわかりませんでした」

「ああ、そうだな。だが油断はできない」

加瀬を不起訴にできると、かなり自信をもっていた。何を根拠に無罪を主張するつもりなのかはわからないが、加瀬が急に否認に転じたのは古沢の指示だろう。

検事室に戻ると、席にメモがあった。県警から電話があったと記されている。昨晩、電話をくれた知りあいの刑事からだ。こちらもちょうど、古沢が来たことを伝えたいと思っていた。急いで折り返し電話をかける。

「もしもし」

「ああ、本宮検事ですか。実は大変なことになってしまって」

そのまま口ごもる。緊迫した様子に、受話器を握る手に力が入る。

「何かあったんですか」

おかしな間ににじれて、本宮はせっついた。

「実は、取調べ中に殴ってしまったんです」

「は？」

「うちの刑事が加瀬を、です」

「えっ。そうなんですか」

取調べに熱が入れば手が出ることもままある。だが自白を強要されただの、誘導されただの言われているときにこれは痛い。昨日の晩から加瀬をとり巻く状況が変わってきている。手遅れになる前に何とかしなくては。

「今からそっちに、すぐ行きます」

　そう言って受話器を置いた。


　立原とともに警察署に着くと、ベテラン刑事の横に、若い刑事が神妙な顔で立っていた。

「申し訳ありません」

　濱田《はまだ》俊哉《としや》という若い刑事は、深く頭を下げた。体を丸め、死んでお詫《わ》びしますとでも言い出しそうなくらい落ち込んでいる。

　本宮は顔を上げるように言った。

「急にしらばっくれたから、つい手が出たのか」

「いえ……そんなわけではありません」

「じゃあ、どういういきさつで加瀬を殴ったんだ？」

　努めて穏やかに問いかける。

「言い訳になります」

「何であろうと、君には説明する義務がある」

　隣の刑事もうなずく。一呼吸おいて、濱田は口を開いた。

「あいつに……加瀬に、自分の兄のことを言われたんです」

本宮は小さく、兄、と繰り返した。

横にいたベテラン刑事が口を挟む。

「こいつの兄も警察官だったんですが、二年前に不祥事で辞職しましてね」

本宮は記憶をたどる。二年前というと女性トラブルの件だろうか。ゴシップ好きの職員たちが、おもしろおかしく噂《うわさ》していたのを覚えている。

「不祥事、といっても本当は違うんです。兄は何も悪くなかったんです」

濱田は顔を歪めた。

「憶測だらけの噂が広まって、職場に居づらくなって辞めたんですよ。それなのに加瀬は兄の気持ちも知らずに、あることないこと並べて、くず呼ばわりしたんです。おまけに、この署の刑事は全員ごみ以下だと。しつこく口汚く罵《のの》り続けるので、我慢できなくなって思わず……」

すみませんでした、と濱田は頭を下げる。続けてベテラン刑事も謝った。

「いえ、起きてしまったことは仕方ないので」

加瀬を殴った理由はつかめた。その後も、しばらく状況を説明してもらう。加瀬の怪我自体はたいしたことはないようだ。礼を言って、少しその場を離れる。

「古沢の作戦かもしれない」

刑事たちに聞こえないように本宮はつぶやいた。

「三席、どういう意味です？」

「聞いていて変だと思わなかったか」

　立原は間を空けずに答えた。

「取調官の弱みを加瀬が詳しく知っているのは、不自然ってことですよね」

「ああ。そのとおりだ」

　誰が聞いてもそう思うだろう。

「殴られた後の加瀬の様子も気になった。言いたい放題に罵っておいて、自分が殴られたことについては何も言わなかったなんて変だろう」

「確かに。つまり、古沢が警察に手を出させるように仕向けたってことでしょうか」

「そうかもしれん」

　本宮はため息をつく。

「でも……それって弁護士がやることですか」

「普通はしないだろう。だが古沢はそういう、いやらしいことをするって聞いたことがある。利用できるものはなんでも利用する奴《やつ》だって。可能性は否定できない」

　立原は納得いかないようで、口をへの字に曲げた。

　意図的に濱田刑事をあおったところで、加瀬に手を出すという保証はない。だが結果として、取調官による暴力行為は事実となってしまった。被疑者の方からあおってきたのだと説明したくても、警察にとって公にしたくない内容を話さねばならない。

　まずいことになったな。

本宮は心の中でつぶやいた。

5

刑事に殴られた頬《ほお》をさすりながら部屋へ入ると、遮蔽板《しゃへいばん》の向こうに弁護士が来ていた。古沢冨生。

千草が連れてきたこの男は、実は有名人らしい。

「いやいや、お見事でした。もうこれで大丈夫ですよ」

殴られたときのことを報告すると、えびす顔で古沢は言った。

「違法な取調べがあったと私の方から抗議文を送っておきますので。加瀬さん、後は貝になってください」

人の弱みにつけこんだ次は、何もしゃべるなということか。

「古沢先生、これで本当に不起訴になるんでしょうね」

「ええ、なりますよ」

油断だけは禁物ですがと古沢は続けた。

「イギリスなどはラフ・ジャスティスと言われ、検察は被疑者に対し、半分以上の確率で犯人だと思ったら起訴します。法廷でジャッジするという考え方といいますか。ですがここは日本、精密司法です。七十パーセント、いえ八十パーセントやっていると思ったとしても、検察は起訴しないでしょう。そのくらい慎重なんです」

説明はよくわからないが、自信をもっていることはわかる。

初めて会ったときは、おかしな男だと思った。とっくに自白してしまったというのに、検察側にポケモンショックを浴びせてやりましょう、などと言って一人で意気込んでいた。今さら何ができるっていうんだ。投げやりになっている加瀬に、古沢は一つの作戦を伝授した。それは、濱田という取調官を狙えというものだった。こいつは本当に弁護士か？遮蔽板越しに微笑む男に、うすら寒いものを感じた。

もうどうだっていい。すぐに断ろうとしたが、古沢はこちらの迷いに気づいているかのように、こう言った。

——信じてくれている涼真くんのためにも、不起訴を勝ちとりましょう。

古沢の言葉は、がつんと胸に響いた。

——父親が殺人罪で起訴され有罪になれば、幼い心にどんな傷が残るかわかりませんよ。必ず不起訴にもちこめます。私を信じてください。

頭には涼真の顔が浮かんでいた。父親として今まで何もしてやれなかったのに、こんな父親のことを信じてくれている。涼真を悲しませたくない。結局、その思いがすべてに勝った。

わかったよ。こいつが悪魔だろうが、釈放されるんなら何でもしてやる。

「では今日はこの辺で。加瀬さん、貝ですよ、貝」

頼みますよと、不気味に笑って古沢は出て行った。

留置場へ戻る間もなく、次の場所へ連れて行かれた。

これから検事の取調べがあるらしい。警察署までわざわざ来たということか。扉を開けると見覚えのある男が待っていた。若いお付きを連れた検事だ。

でかいな。名前は本宮といったか。

座っていたときはわからなかったが百八十二、三はあるだろう。並んで立てば、俺なんて子どもみたいだ。ガタイもよくて頭もいいなんて、世の中つくづく不公平で腹が立つ。

「どうぞ」

言われて席に座る。

相変わらず、真面目《まじめ》腐った冗談の通じなそうな顔だ。

自白していたのに、どうして否認に転じたのか。しつこく聞かれたが、予想どおりで驚きはない。古沢の指示どおり、だんまりを決めこんだ。本宮も長期戦だとばかりに何も言わなくなり、じっと見てくる。

しばらくして横の事務官が口を開いた。

「このまま何もしゃべらないつもりですか」

事務官は睨むような目だ。無言でいるのに耐えられなくなったのだろう。

若いな。前の取調べのときも感情的だった。

「あなたは言いましたよね？　自分が岡野さんを殺したって。私もはっきり聞いていましたよ」

加瀬は視線をそらし、瞼《まぶた》を閉じた。

貝になれ。古沢の言葉を心の中で念仏のように繰り返した。

「加瀬さん」

本宮の声に変わった。

「自白は不正にとられたもの。そう主張することに加え、取調べ中に暴行を受けたとなれば不起訴にもちこめる。そう古沢弁護士に言われたんですね？」

貝になれ。貝になれ。

目をつむったまま、そう繰り返したが耳は聞こえている。

「それはただの幻想です」

静かだが、よく通る声だった。

「たとえ公判で負ける可能性が高くても、私はあなたを起訴するつもりでいます」

思わず加瀬は目を開いた。さっきと少しも変わらない体勢で、本宮がこちらを見ている。

「古沢弁護士は、こう説明したのでしょう。検事側には検察官同一体という考えがある。無理な起訴はできないので心配しなくていい、と」

その通りだったのでぎょっとしたが、悟られないように表情を硬くした。

「加瀬さん、私には、あなたの自白が本当だという確信がある。だから、どんな手を使ってもあなたを起訴します」

「……なに」

貝になれと言われていたのに、思わず口を開いてしまった。横の事務官も驚いた顔をして動きを止めている。

「あなたの息子さん、涼真くんというんですね」

「それが何だというんだ」

「奥さんから聞いているかもしれませんが、先日、私は涼真くんとも会ったんですよ」

本宮の声が柔らかくなった。

涼真がお父さんは人殺しじゃないと大声で叫んでいたこと、ぽかぽか叩かれて嚙みつかれそうになったことなど。ゆっくりと、優しい表情で語られていく。

「父親のあなたのことが本当に大好きなんですね。心の底から信じ切っている」

そうだ。だからこそ絶対に裏切りたくはない。

「加瀬さん、一つ聞きたいんです」

ゆっくりと本宮は息を吐いた。

「あなたが今していることは、涼真くんのためになることですか」

「は?」

「人を殺しておいて、やっていないと嘘をつきとおすのは、正しいことでしょうか」

加瀬は本宮を睨みつける。

正しいこと？　当然だ。こっちはあいつを悲しませたくない一心で決断した。そう、すべては涼真のためだ。

「もし不起訴になったとして、涼真くんのあのまっすぐな目を見ることができますか？」

本宮は言葉を変えて繰り返す。

「お父さんは無実なんだと、胸を張って言えますか」

「それは……」

もうやめてくれ。

加瀬は再び目を伏せた。

「私にも涼真くんと同じくらいの年の娘がいます。仕事にかまけて何もしてやれていない。だからあなたに偉そうなことを言える立場ではないのですが、娘にはいい子に育ってほしいと願っています。人に迷惑をかけてしまったときは、素直に謝れる子になってほしい」

「………」

「やってしまった過去は取り返しがつきませんが、せめて罪を認めて償う姿勢を見せることが大事ではないですか」

加瀬は目を閉じたまま、黙り込んでいた。

「あなたも涼真くんの父親として、どうすべきかもう一度よく考えてみてください」

頭の中に声が響き、嫌な汗が背中をじっとり濡《ぬ》らしていく。

加瀬は何も考えず、貝になれと繰り返す。

本宮の声も聞こえなくなり、静寂がおとずれた。

長い検事調べが終わった。

憔悴《しょうすい》しきった加瀬は、留置場に戻る。

本宮の声は優しかった。被疑者を丸め込もうとしているのではない。検事としてではなく一人の人間として、自分や涼真のことを考えてくれているとしか思えなかった。

このままで本当にいいのだろうか。

涼真のためにと決断したはずなのに、ずっと心がざわついている。

留置場の床に座り込んで膝《ひざ》を抱えていると、いつの間にか夜だった。夕飯のまずい弁当を食べていると、古沢が会いに来たという連絡があった。昼間に一度来たというのに、まるでこちらの不安を察しているようだ。

今日は人と会ってばかりで疲れたが、文句など言っていられないだろう。具がほとんど入っていない味噌汁《みそしる》を飲み干すと立ち上がる。

警官に連れられて、二度目の接見へと向かった。

「こんばんは。接見の後、すぐに取調べでしたよね」

「はあ」

「どうでした?」

ずいっと古沢は前のめりになった。加瀬は気圧《けお》されるようにして報告を始める。途中、貝になり切れなかったことは黙っておいた。

古沢は、にやにやしながら聞いていた。

「なるほど、なるほど。そういうことね。よく知らせてくださいました」

「不起訴にできるって言ったじゃないですか」

「大丈夫です。私を信じてください」

信じろと言われても、どうなんだ。こいつに言われてしたことといえば、貝になることと、若い刑事を狙うこと。黙秘はわかるが、殴らせるように仕向けろと指示する弁護士なんて信じられるか。涼真のためと思って従ったが、結局、起訴されるんじゃないか。

「加瀬さん、ひょっとして迷われているんですか」

古沢は問いかけてきた。

「こうやって、なりふり構わず不起訴にもっていこうとすることに疑問を感じているんでしょう。それはあなたの根は善良だということです」

加瀬は黙ったまま、首を左右に振った。

「いいことですよ。どうか今だけ我慢してください。不起訴にさえできれば、人生取り戻せるんです。苦しんでおられるご家族だって解放される。息子さん、まだ小さいんでしょ？　早くお父さんに戻ってきてほしいですよね」

加瀬はしばらく沈黙したが、やがて顔を上げた。

「古沢先生」

「はい」

「あなたは何度もこうして会いに来てくれるのに、肝心なことを一度も聞きませんよね」

「うん？　何のことですか」

「真実ですよ」

古沢は驚いた顔で、真実？　と繰り返した。

「俺が本当に岡野さんを殺したのかどうか、です」

古沢は、ははははと笑った。

「いいんですよ。言わなくても」

そう言って、古沢はいつもの顔に戻った。

「大事なのはね、あなたがこの先、息子さんを幸せにしたいと思っているのかどうか……それだけです」

加瀬は言葉に詰まった。

「俺は……」

「私に任せてください。いいですね」

古沢は何が楽しいのか機嫌よく笑っている。

こいつは決していい人間じゃない。自分は頭が悪いが、それくらいのことはわかる。だがそれでも黙って従うしかない。それ以外に道などないのだろう。俺の人生、そして涼真の人生も、この胡散臭《うさんくさ》い弁護士の手にかかっている。

加瀬は力なくうなずいた。

6

本宮と立原は、険しい表情のまま無言だった。

逮捕、送検された後、最大二十日は被疑者の身柄を拘束して取調べをすることができる。検事は勾留期限までに起訴か不起訴を決める。処分保留という手もあるが、長い間放置しておくことはできない。

加瀬の勾留延長期間が残りわずかとなった今、新たな目撃者が現れた。たまたま近くを通りかかったタクシーの運転手だ。空き地に刃物のようなものを捨てる男を見たという。目撃した時間は犯行時刻の直後。だが……。

「いまいち、あてにならない証人でしたね」

本宮は返事をする気力も湧《わ》かなかった。

確たる証拠が見つかったと期待したが、曖昧過ぎて使えない。雪が降る中、通り過ぎる車の中から見たということで、目撃した男の特徴はこれといってはっきりしなかった。

立原と別れ、トイレで顔を洗う。

「くそ」

きっとあの証人が話すことは正しい。おそらく本当に見たのだ。凶器を捨てる加瀬の姿を。だが……。証人を見つけてきた刑事は、絶対に行けますと言って興奮していたというのに。立原と一緒に歓声を上げていたのが馬鹿みたいだ。

外へ出て煙草で一服すると、検事室に戻る。しけた顔をした立原が待っていた。

「次席が呼んでいます」

「そうか。すぐ行く」

すぐさま次席検事室へ向かった。

「本宮です」

椅子に座るように言われ、腰かける。クエのような顔をした次席検事は、もったいぶったように室内を行ったり来たりしていた。用件は簡単に想像がつく。

「話は加瀬の件だ。本宮、どう思う？」

「今のところ、加瀬が犯人だという十分な証拠がありません」

「では不起訴にするということだな」

「それは……」

「取調べ中に刑事が殴ったと、これ以上大きく騒ぎ立てられても厄介だしな」

納得したように深くうなずく。本宮はうつむいていたが、心を決めて顔を上げた。

「それでも加瀬は起訴すべきです」

次席検事は虚をつかれたように目を丸くしたが、構わず続ける。

「加瀬の自白は虚偽だとは思えません。強要されただの、誘導されただの、適当なことを言っていますが相手にするまでもないでしょう。被害者の息子が目撃したのは加瀬で間違いないということでした。起訴状を作りますので、決裁印をお願いします」

「本宮」

次席検事は、ふうと長い息を吐き出した。

「まんまと策にはまって刑事がやらかさなければそうしただろう。悔しい思いは同じだ。お前のせいじゃない」

「ですが……」

言いかけたところで扉をノックする音がした。口をつぐんで、そちらを見る。下がり気味の眉をした初老の男が入ってきた。

「検事正」

次席検事と本宮は頭を下げる。

「いや、今ちょうど話し合っていると聞いたんでな」

突然やって来たのには驚いたが、こちらの動向を気にしていたのだろう。案の定、加瀬の件について聞かれた。本宮は現状を繰り返し報告していく。

「以上です」

次席検事は緊張した面持ちで、検事正の顔色を窺《うかが》っている。

検事正は腕を組んだまま、しばらく考えていた。

「それで君たちは加瀬をどうすべきだと思う？」

検事正に問いかけられ、次席検事が本宮の方をちらりと見た。

「そうですね……やはり現状では公判維持は困難かと」

不起訴にするのが妥当だと答える。そうか、と検事正は満足そうにうなずいた。

「本宮検事はどうだ」

加瀬は明らかに殺人を犯している。それなのに、このまま釈放するなど考えられない。

「私は起訴すべきだと思います」

「そうか」

検事正は眉間《みけん》をもむような仕草をする。すかさず次席検事が目を吊《つ》り上げた。

「公判にもちこみさえすれば裁判所が加勢してくれるだろうって考えだったら、とても賛同できないぞ」

負けじと本宮は口を開く。

「加瀬の自白は確かです。このまま殺人犯を取り逃がしてもいいのですか」

「おいおい。青臭い新人検事じゃあるまいし、三席検事が何を言っている」

次席検事は鼻で笑いつつ、お手上げのポーズをした。

本宮は検事正を見つめる。

「検事正はどうお考えですか」

譲れない。

被疑者が限りなく黒に近い場合でも、証拠不十分で起訴を断念することはこれまでに幾度もあった。もちろん無実の者を誤って罪に問うことになってはならない。だが、慎重になりすぎるのもどうか。

本宮の目の前で、加瀬は自白した。あれが脅迫によるものだなんて嘘も甚《はなは》だしい。しかも刑事の弱みにつけこみ、わざと手を出させる。そんな古沢の汚い計略に屈したくはない。目をつむり、考えこむようにしていた検事正の口が、ようやく開いた。

「再起だ」

「え……」

「ここで不起訴にしたところで、すべてが終わるわけじゃない。この先、新証拠が見つかれば加瀬を再び罪に問うことができる。本宮検事、そう考えた方が賢いんじゃないのか」

検事正は、本宮をなだめるように言った。

「無理に起訴したところで、無罪判決が出る可能性は大きい。そうなってしまえば、後で有罪証拠が見つかったとしても、二度と罪に問うことはできないんだぞ」

検事正の言うことは正論ではある。だが絵空事だ。再起など、よほどのことがない限り無理だ。あきらめず起訴した方が、加瀬を罪に問える可能性はずっと高い。

「ですが、再起など……」

言いかけた言葉を遮って、検事正は語気を強めた。

「再起に希望をつなぐべきだ」

無言のまま、本宮は検事正の顔を見つめた。

検事正はすべて承知の上で言っているのだ。どんな事情があろうと、勝てない勝負はすべきでない、と。次席検事も首を縦に振っている。

「本宮三席も、そう思わないか」

検事正の眼光は、反論を赦さないほど強いものだった。

「いいな。加瀬は不起訴だ」

とどめを刺す言葉を投げかけられる。拳を握りしめ、本宮は沈黙した。


話し合いがようやく終わり、検事室へ戻る。

「三席、お疲れ様です。長かったですね」

立原が心配そうな表情で待っていた。どんな話だったか今すぐにでも聞きたいだろうが、とても話す気にはなれなかった。

机の前に腰かけると、渦まく思考を振り払うように事務仕事に没頭する。

それからどれくらい集中していただろう。気づけば随分と時間が経っていた。

立原がプライバシー保護のためのマスキング作業をしながら、船をこいでいる。きっと仕事が終わってからも、家で遅くまで司法試験の勉強をしているのだろう。

「先に帰っていいんだぞ」

見かねて声をかけるが、大丈夫ですと返ってきた。

「検事を残して、事務官だけ帰れませんよ」

「そうか、悪かったな」

本宮は微笑む。

「きりのいいところまでやったら、終わりにするとしよう」

「了解です」

しばらくして立原が机の上を片付け始めると、本宮はパソコンの電源を切った。

「明日は早めに切り上げて、バスケ部にも行ってくれよ。ずっと息抜きしてないだろ」

はい、と立原は嬉しそうにうなずいた。

「毎日遅くまで付き合わせて悪いな」

「いえ。こちらこそ急がせてしまってすみません」

「そんなことはない。どこかで終わりの線を引かなけりゃ、延々とやってしまうところだった」

「僕が言うのもなんですけど、三席はどんな仕事にも時間をかけて手を抜きませんよね。どうしてそこまで一生懸命になれるんですか」

本宮は苦笑いした。

「不器用なだけだ。どうせ、みんなもそう言っているんだろう？　反論はない。要領が悪くてこの年になってもこのざまだ」

「そんな、僕は尊敬しています」

「言ってくれるな。私はそんなに立派な検事じゃない」

いつもなら気分をよくするところだが、今日は駄目だ。立原の視線に耐えられなくなってきた。

本宮の顔が曇ったのを、立原は見逃さなかった。

「検事正たちとの話し合い、どうだったんですか」

張り詰めた表情をしている。

「三席、加瀬を起訴しないいんですか」

問われて気づく。あれほど激しく抗《あらが》っていた心は、いつの間にかねじ伏せられ、落ち着くところに落ち着いていた。

「不起訴にするんですね」

「ああ、そうだ」

表情を消して、立原をじっと見つめ返す。

「殺された岡野さんはどうなるんです？」

まっすぐな言葉が胸に突き刺さった。

「加瀬は僕たちの前で自白したじゃないですか。脅して自白させたただなんて、あんまりだ。あいつは罪を逃れたいから嘘をついている。人の命を奪ったことを反省などしていない。それなのに、どうして加瀬の主張を受け入れて、我々側が屈しなきゃいけないんです」

立原は真剣に訴えかける。話し合いのとき、きっと自分もこんな顔だっただろう。

「岡野さんのためにも考え直してください」

「もう決まったことだ」

「僕は全然、納得いかないです」

「……だろうな」

「このまま殺人犯を取り逃がしてもいいんですか」

そっくりそのまま、本宮が言った言葉と同じだった。つい口元が緩む。

「三席、何がおかしいんです」

「いや」

もはや弁明する気も起きない。

「もういいか。電気を消すぞ」

立原の視線を断ち切ると、廊下へ出た。

二人とも、ずっと黙ったままエレベーターで下に降りる。

「じゃあ、お疲れさん」

門を出たところで別れた。

本宮が駅へと足を向けたとき、後ろの方で呼ばれた気がした。振り返ると、立原がこちらを見ている。

「何だ？」

問いかけるが返事はない。そう思った瞬間、立原がふと顔を歪めた。

「三席、正義って何なんでしょうね。よくわからなくなりました」

そうか、と本宮はつぶやくように言った。

もう一度責められるのかと思っていたので、肩の力が抜けていく。

「俺にもわからん」

ぶっきらぼうに答えると、立原は完全に失望したようだった。

「……失礼します」

立原は走り去っていった。

乗ろうと思っていた終電には間に合いそうになかったので、もう急ぐ必要はない。

夜空を見上げると、珍しく雲一つなかった。

本宮はこれまでの検事人生について思い返した。いったい何人の被疑者と接してきたただろう。被害者やその遺族、被疑者の関係者、そこまで含めたらどれほどの人の人生を左右する瞬間に立ち会ってきただろう。

立原……もうすぐで別れだというのに。あんな顔、させたくなかった。

夜空を見上げる。星がやけにきれいだった。

7

降りしきる雪の中、一人走っている。

坂道を駆け上がり、暗闇《くらやみ》を突っ切っていく。行くあてなんてどこにもない。

いつの間にか、道路に飛び出していた。目に飛び込んできたのはまばゆい光。トラックにはねられそうになったところで目を覚ました。

嫌な夢だ。これで何度目だろう。

うたた寝中に声を上げていたのかもしれない。正面に座るやくざが怪訝《けげん》そうに見ていた。そのままぼうっとしていると、警官がやってきて、声をかけてきた。

「奥さんが迎えに来ているぞ」

失礼な扱いをしたくせに、詫びの一つも言わなかった。

不起訴になったことは、古沢に聞いた。

あの本宮という検事は、どんな手を使ってでも俺のことを起訴すると言っていた。それなのに結局のところ、折れざるを得なかったのだろう。

ようやくこの小汚い部屋ともお別れのようだ。

荷物を紙袋にまとめて、身元引受人の千草とともに警察署を出た。

「あんた、自分で運転してよね」

「ああ。わかっているさ」

車に乗りこんで、しばらく走る。

「涼真はどうしてる？」

「元気よ。お父さん帰ってくるって聞いたら大喜びで。今か今かと待っているわよ」

「そうか」

留置場にいたのは一か月足らずだったが、久々の外の景色は知らない街に見えた。

自宅の団地が見えてくる。駐車場に車をとめると、千草のＰＨＳが鳴った。

「古沢先生からよ」

電話に出ると、千草はしゃべりながら頭をぺこぺこ下げる。

「今、本人と代わりますので」

はい、と差し出されたＰＨＳを受け取り、さっさと車を降りる。

加瀬は咳払いをしてから電話に出る。古沢の陽気な声が聞こえた。

「無事に出られてよかったですね。今日はおいしいものを食べてくださいよ。息子さんとも、たくさん遊んであげてください。お疲れ様でした」

外へ出られたというのに、どこかすっきりしない気持ちでいた。だが釈放されたのだという実感は少しずつ湧いてきた。

「全部、先生のおかげです。ありがとうございました」

「ああ、いえいえ。当然のことです。正義は勝つんですよ」

正義、という言葉が引っかかった。

「古沢先生」

「はい？」

「俺はもうこれで自由なんですよね。犯人じゃないって、みなされたってことですよね。何が決め手だったんでしょうか」

ううんと古沢は唸《うな》った。

「おかしなことを聞きますね。なるべくしてなった、としか言いようがありませんよ。念願叶ってよかったじゃないですか」

「それはそうですけど」

「おそらく検事正を脅したのがきいたんでしょう」

古沢はさらりと言った。

加瀬は目を見開き、言葉が出なかった。

「冗談ですよ、冗談。深刻になりすぎだっちゅーの」

笑っていた。この古沢という弁護士は何なのだ。結局、最後までわからなかった。

「加瀬さん、一つだけお願いがあるんです」

「何ですか」

「いまさら良心の呵責《かしやく》にさいなまれて自首とかやめてくださいね」

「誤解しないでくれ、俺は無実だ」

「そうですか。わかりました」

古沢の声は穏やかだった。

「まあ以前も言ったと思いますが、私は本当のところは、どうだっていいんです。ただ、せっかく不起訴にすることができたのに、蒸し返されたら面倒なんでね」

古沢は、また笑った。

通話を切ると、ＰＨＳをポケットに突っ込む。エレベーターは使わず、階段を一段ずつ踏みしめるように上がっていく。途中で遭遇した団地の住民が、加瀬を見るなり嫌な顔して逃げていった。三階に上がりきったところで、角部屋の扉が勢いよく開くのが見えた。

「お父さん！」

涼真が飛び出してきた。

加瀬は身をかがめて両手を広げ、涼真を受け止める。思わず涙が出そうになるのを必死でこらえた。

悪いな。涼真……。

俺は、本当は人殺しなんだ。

岡野を小刀で刺した感触が、今もこの手に残っている。

ふっと本宮検事の顔が浮かんだ。

――あなたが今していることは、涼真くんのためになることですか？　父親として、どうすべきかもう一度よく考えてみてください。

俺や涼真のことを思って、忠告してくれていた。古沢なんかより、ずっといい人なのだろう。だが俺が罰せられたところで、涼真を悲しませるだけなのだ。

「お父さん、もうずっと一緒だよ。どこにも行かないでね」

「ああ」

こんなにも俺を必要としてくれていることに胸が熱くなった。

涼真。これから大事なお前のために逃げ続けるよ。きっといい死に方はしないだろうが、それで構わない。

もう一度、涼真を強く抱きしめる。

見上げると、雪がちらつき始めていた。

第二章　継ぐ者たち

1

困ったもんだ。

つぶやきながら、立原愁一は飲み屋に入った。

居酒屋『とり敏』には活気があふれていた。サラリーマンに混じって、いつものメンツがいる。金沢地検の検察事務官たちだ。

「立原さん、こっち、こっち」

彼らは二十代と三十代の事務官だ。

「すみません。もう始めてます」

「立原さんは生でいいですか？」

ジョッキ片手に、すでに出来上がっていた。二人とも昨年度までは捜査公判部門で立会《たちあい》事務官をしていたが、この春から検務部門に回った。

「お前たち、新しい仕事の方はどうだ。だいぶ慣れたか？」

「大変ですよ。でも立会よりはまだましです」

検事は二、三年で転勤していく。一方、検察事務官に転勤は基本ない。顔ぶれはずっと一緒だ。

「まあ今日は気楽に飲もう」

立原は治部煮《じぶに》を注文する。ポケットから煙草《タバコ》を取り出して、ライターで火をつけた。

「ちょっと、立原さん、困りますよ」

若い大将が声をかけてきた。この店も長く通っているうちに代替わりして、今は息子が営んでいる。

「はあ？　何だ」

大将は、壁に貼《は》られた紙を指さす。『当店は全面禁煙です』と書かれている。

「うちは健康志向の店なんですから」

昔はヤニくさく男くさいこの店が好きだった。しかしいつの間にやら、こじゃれた内装に改築され、女性二人客やカップルまで来るような店になっている。

「ここもすっかり意識高い系の店になっちまったな」

「時代の波には逆らえませんよ」

主人は、すみません、と言って笑った。

あつあつの治部煮がやってきた。立原は待ってましたとばかりに箸《はし》をつける。先代の主人があみだした味はしっかりと受け継がれている。

「立原さんは最近どうです？　久しぶりの立会、大変ですか」

若白髪の事務官が問いかけてきた。捜査公判部門をしばらく離れていたが、立原はこの春から久しぶりに立会事務官に戻った。

「ああ、大変なんてもんじゃない。毎日やってられん」

ずっと誰《だれ》かに愚痴りたくて、今日の飲み会が楽しみだった。

「だいぶお疲れのようですね」

「つくづく思うが、仕事のストレスってものは、ほぼ人間関係だな」

「そうかもしれませんけど。みんな立原さんのこと、うらやましがっていますよ。かわいい検事さんじゃないですか」

立原はふんと鼻から息を吐いた。

「だったら代わるか」

「いや、僕はいいです」

「ほれ見ろ」

二人の会話を黙って聞いていた若い方の事務官が、興味津々で訊《たず》ねてきた。

「黒木《くろき》検事って、実際のところどうなんですか」

「どうって、もうそりゃ困ったもんだ」

立原はビールを胃に流し込む。

「俺《おれ》はこれまで何人もの検事と組んできたからな。当たりかハズレかなんて、すぐわかる。今回は間違いなくハズレの方だろう」

「辛口だなあ。まだ彼女、若いんですから、多少のことは仕方ないでしょう」

「ああ見えて、もう八年目だぞ。三十二だ」

「えっ。僕より年上だったんですか」

信じられないという顔で、二人とも言葉を失っている。そうだろうな、と立原は息を吐く。だからますます救いようがないのだ。

「彼女はな、一言で言って甘いんだよ」

立原はビールを一口飲んだ。

「被疑者の言葉にいちいち感情的になって、不起訴にしちまう」

「ううん、慎重派ってことですかね」

「黒木検事はきっと優しいんですよ。なんか見るからに、ゆるゆる、ふわふわってした感じで」

「ゆるふわは検事にいらん」

立原は一喝した。

「熟慮の結果、起訴すべきじゃないと判断したなら文句はない。だが彼女の場合、深い考えがあるようには見えない。きっと頭の中がお花畑なんだ」

「ううん、そうなんですかね。ゆるく見えても実はいろいろ考えていたりして」

「……癒《いや》し系なのに」

二人とも、ちっともわかっていない。

「癒しどころか俺はストレスがたまる一方だ。秋霜烈日のバッジが泣く。検事ってのは人の人生を左右する仕事だ。あんなんじゃ話にならん」

立原はビールを飲み干した。今夜はとことん発散するしかない。

「大将！　生中、追加で」

それからも、それぞれの配属先の話題で盛り上がり、いい気分で酔っぱらったままお開きとなった。

「じゃあ、立原さん、おつかれさまです」

「おう。またな」

二人と別れて、電車に乗った。

つい飲み過ぎた。空《す》いていたが座っていると眠ってしまいそうなので、つり革につかまり電車に揺られる。

いつからこんな飲み方をするようになったのだろう。

若い頃《ころ》は酔っぱらった先輩たちに仕事の愚痴を聞かされるのが不快だった。老害。そう内心、小ばかにしていた。自分はあんな風にはなるまいと思っていたのに、いつの間にか、いやなおっさんになってしまったかもしれない。

胸ポケットでスマホが振動した。

娘の千尋《ちひろ》だろうか。中学生になってスマホを与えたら、やたらとメッセージを送ってくるようになった。

いや違う。ＬＩＮＥではなくメールだ。よく見ると〝にちか〟という名前が表示されている。

今どきスマホではなくガラケーを使っていることに驚いたが、一応連絡先を交換した。何の用だ。気持ちよく酔っているのに、仕事のことなど思い出したくない。

――おつかれさまです。約束した、ハーブティーの作り方を送ります。

思わず顔をしかめた。

そういえば昼休みに、よかったらどうぞ、と茶を出された。適当に褒《ほ》めたら、作り方を教えましょうかと言われた記憶がかすかにある。

――カモミールとエルダーフラワーの組み合わせはリラックス効果抜群なんです。じっくり蒸らしてお花と葉っぱの成分を引き出してくださいね。レッツトライです！

丁寧にホームページのリンクが貼られている。

何がレッツトライだ。そんなこじゃれたもの、本気で俺が好んで飲むとでも思っているのか。

途方に暮れるが、立場上、検察事務官は検事に従うことになっている。無視することはできないので、ありがとうございます、とだけ送ってスマホをしまった。


翌朝、立原は疲れが抜けきらないまま出勤した。

卵がある。

頭痛が起こりそうなときのことを、立原はそう呼んでいる。子どもの頃から頭痛持ちだったのでわかるのだ。筋緊張性頭痛。卵が孵化《ふか》することなく消えていくこともあるが、ストレスがたまるとアウトだ。

配点された事案を手に検事室に入ると、若い女性がいた。ダボッとしたワンピース。長い髪がふわふわと波打っている。せめて身だしなみだけでもきりっとしてほしいが、注意するとセクハラになりそうだ。誰か注意してやれるようなお局《つぼね》様はいないのだろうか。

さらに異常なのは、検事室にじょうろが置かれていることだった。

立原は顔をしかめながら、声をかける。

「おはようございます、検事」

「ああ、立原さん。おはようございます」

黒木二千花《にちか》。こう見えても検事だ。

「検事、それ」

二千花の手元にある、こじゃれたじょうろを指さす。

「わかりました？　職場用に買ったんです」

満面の笑みで二千花は続けた。

「いつまでもペットボトルでお水をあげているのも味気ないですし……。思い切って奮発しちゃいました。北欧風のお水差しです。かわいいでしょう？」

いや、そうじゃない。気をつけないと大事な書類に水が零《こぼ》れるだろう。

「せっかく検事室まで来てくれた植物さんたちです。愛情をこめて育てたいじゃないですか。立原さんも自由に使っていいですからね」

話に水を差すというか、注意する気がみるみる失《う》せていく。一方、日当たりのいい窓側には所狭しと緑が並んでいる。というか、鉢植えが増えすぎじゃないか。

「今度はどんな子をお迎えしようかな」

ここを植物園にでもする気なのか。ため息をつきたいのをかろうじて抑えると、二千花の方へ足を進めた。

「検事、これが今日の呼び出しです」

さっさと話題を切り替えた方がいい。机の上に、どんと書類を載せた。

二千花の顔が一瞬で歪《ゆが》む。宿題をたくさん出された子どものようだ。

「今日も多いですねえ。でも任せてください」

二千花は、へなちょこなグーパンチを繰り出した。

送致記録を二人で読みこんでいく。殺人事件はないが、争いのある比較的大きな事件と呼べるものが一件あった。

被害に遭ったのは、柴田洋輔《しばたようすけ》という三十七歳の男性だった。

逮捕されたのは被害者の妻だ。専業主婦をしている。六年生の息子が一人いて、一軒家で三人暮らしをしている。送致記録によると、被疑者の柴田日菜子《ひなこ》は午後十一時頃、自宅において果物ナイフで夫の洋輔を刺したということになっている。

全治一か月。刺した妻が救急車を呼んで、ことなきをえた。夫は今は仕事に復帰しているが、下手したら死んでいてもおかしくない重傷だったという。

「被疑者は自分が刺したことは認めています」

「立原さん。これって傷害ではなく、殺人未遂になりますよね」

「ええ。刃渡り十五センチの刃物を使っているわけで、殺意は容易に認定できるでしょう。しかし警察の取調べに対し、殺そうとしたわけではないと言っています」

供述調書によると、被疑者は夫から頻繁に暴力を受けていたという。この日も首を絞められ、このままでは殺されると思って、やむなく刺したとのこと。

「つまりポイントは、正当防衛が認められるかどうかってとこですよねえ」

「DVが事実かどうか、判断は慎重にお願いしますよ」

やがて押送バスが到着し、被疑者、柴田日菜子が護送されてきた。

「黒木検事係。柴田日菜子、上げてください」

立原が内線で連絡すると、まもなく被疑者がやってきた。

録音・録画のスイッチを押す。

日菜子は検事の正面に座ると、腰ひもを椅子《いす》に結び付けられた。どこかさみしげな顔で二千花よりもずっと年上に見える。

二千花は人定質問を始めた。

「あなたには黙秘権があります。また弁護人を選任する権利も保障されています。よろしいでしょうか」

「はい」

「あなたにかけられた容疑は殺人未遂です。午後十一時頃、自宅の台所において夫の洋輔さんの背中を果物ナイフで刺した。この事実に間違いはありませんか」

日菜子はゆっくりと顔を上げた。

「間違いありません。でも、刺さなければ殺されるところだったんです」

「正当防衛だったということですか」

二千花の問いに、こくりと日菜子はうなずいた。

嘘《うそ》をついている可能性だってあるというのに、二千花は早くも同情した顔だ。

「普段から旦那《だんな》さんからの暴力があったとお聞きしましたが、どんな感じだったか話していただけますか」

ためらいがちに二千花は訊ねた。

「殴られたり蹴《け》られたり……死ねって言われることもしょっちゅうでした」

「警察に相談をしたり、誰かに助けを求めたりは？」

「いいえ。他の人にしゃべったら殺すって言われていたので」

言葉が途切れ、しくしくと泣き始めた。

「わかりました。今まで、お辛《つら》かったですね」

二千花はハンカチを目に当てながら、鼻をぐすぐすやっている。

感情的になるなと言っているのに……早くも頭痛がしてきた。記録を見て気になったのは、被害者が背後から刺されている点だ。揉《も》めた末の正当防衛なら、正面から刺すことになるのではないか。

「事務官からも質問します」

涙ぐむ二人に遠慮せず、立原は口を開いた。

「あなたが被害者を刺すまでの状況を、順を追って説明していただけますか」

はいと彼女はうなずく。

「あの日、夫が会社から帰って来てすぐ、口げんかになりました。しばらく言い合っているうちに、夫がもう殺してやるって言い出して」

「それで？」

「台所の方へ行こうとするので、包丁を取りに行くんだと思いました。やめてって腕にしがみついたら殴られて……。夫が包丁をシンク下から取り出そうと前かがみになったとき、とっさに引き出しから果物ナイフを取り出して背中を刺しました」

なるほど。筋は通っている。

「殺されるって思って、すごく怖かったんです」

「よくわかりました」

立原が言うと、二千花もうなずいた。

「ええと、次に事件当時の位置関係を確認したいので、図に描《か》いていただけますか」

日菜子はペンを手にした。緊張のためか手が震えていて、直線が歪んでいる。

「お二人が初めにいたのは居間で、刺したのは台所のシンク前、ということですね」

「はい」

警察の調べと相違ない。

「もう一つ聞かせてください。旦那さんと口げんかになったとおっしゃいましたが、理由は何だったんですか」

「それは……何だったかな」

「旦那さんが帰宅されてすぐだったんですよね。覚えていませんか」

日菜子はうつむいた。

「ああ……たぶん、お酒のことだったと思います」

「お酒?」

「はい。夫が会社帰りにしょっちゅう飲んでくるので、また飲んできたの、って文句を言ったんです。そしたら、うるさいって怒ってきて」

我が家でもありそうな話だと思いながら、耳を傾けた。

やがて取調べは終わった。

柴田日菜子は涙ぐみながら女性警官に連れられ出て行った。

二千花はハンカチをしまうと、ぽんと印鑑をつく仕草をした。

「これはもう、不起訴ですね」

やれやれ、こんな簡単に決めていいのか。感情に流され過ぎだろう。

「検事、私は一つ、引っかかることがあったのですが」

二千花は目をぱちくりさせた。どこが？　と顔に書いてある。

「口げんかした理由ですよ。あの奥さん、ちょっと口ごもっていませんでしたか」

「ああ、そうでしたね」

「急に下を向いて、答えている間、ずっとうつむいていましたよ」

「後ろめたい気持ちでもあったのかなあ」

まあ、そう考えればそうかもしれない。夫が飲んで帰宅したとはいえ、文句を言って口げんかを始めたのは自分の方だ。

「立原さんって、細かいところまで気づかれますよね」

「そうですか、普通ですよ」

二千花の方こそ検事なのだから、冷静に細かいところまでちゃんと気づいてもらいたいのだが。

「検事、明日は被害者側の話を聞いていきます。公平な目でお願いしますよ」

「はい、もちろんです」

わかっているのかいないのか、二千花は微笑《ほほえ》んだ。

このあとは、報告書の作成や証拠の分類作業などにいそしんだ。そうこうしているうちに、時間はあっという間に過ぎていく。

頭痛の卵は見事に孵化した。

痛みをこらえつつパソコンに向かっていると、人を小馬鹿にするように二千花が鼻歌を口ずさみながら花に水をやり始めた。痛みが倍加する。薬を飲めば楽になるが、依存症になるのが怖くてできる限り飲まないようにしている。

「立原さん。今日は、このへんでお先に失礼いたします」

もうそんな時間か。二千花に言われて時計を見る。六時か。近頃は日も長いので、窓の外はまだ明るい。それにしてもいつも帰りが早いな。大丈夫か。

「検事、お疲れ様です。ではまた明日、頑張りましょう」

「あ、いえ、私は頑張りませんから」

「は？」

聞き間違いかと思って一瞬固まったが、そうではなさそうだ。

「それはどういう意味ですかね？」

平静を保ちつつ訊ねると、二千花はきょとんとする。

「ええと……なんて言いますか、私はいつも頑張ってないんです」

花柄の鞄《かばん》を片手に帰り支度は万端だ。何なのだ、この女は。もう我慢できない。

「黒木検事。失礼を承知で言わせてもらいますが、頑張らないというのはいかんでしょう。人の人生を左右する、責任重大な仕事をしているんですよ」

「そうです。ですから……」

二千花は力強くうなずく。

「私は精一杯やります。だけど頑張りはしません」

にっこり笑うと、頭を下げて帰って行った。

一人残されて呆《ほう》けていると、扉をノックする音が聞こえた。入ってきたのは、次席検事の安生利通《あんじょうとしみち》だった。

「すみません、次席。黒木検事は帰っちゃいまして」

「ああ、そこで彼女とすれ違って用件は伝えておきましたから。明日、この書類を渡してくれますか」

口調は丁寧だが怖い顔に怖いひげ。見た目通りに検事の評価が厳しい人だ。二千花のことをどう思っているかわかったもんじゃない。

「立原さん、黒木検事は頑張っていますか」

「いや、その……本人は頑張らないと言っていますが」

怒るかと思ったら、安生は噴き出した。立原は目を点にする。この人が笑うのを初めて見た。今なら本音のところを聞けるかもしれない。そう思って立原は訊ねる。

「次席は黒木検事のこと、どう思われますか」

すぐに安生は元の怖い顔に戻った。

「さあ、どうでしょう」

意味深な笑みを残して、安生は去って行った。

立原はため息をつく。

「頑張らない、か」

必死に頑張っていた若い頃の自分を思い出す。検事を目指して寝る間も惜しんで勉強していたのに、結局やめてしまった。

すべてはあの夜からだ。

理想の検事だと慕っていた本宮は、不起訴を選んだ。

後にも先にも、あの人ほど心ある検事はいない。それなのに、そんな本宮でさえ起訴できないのかと失望した。

岡野兼造の命が奪われた事件は、いまだに解決していない。

今、本宮はどうしているのだろう。もし会えるのなら、聞いてみたい。

正義を追うことは馬鹿らしいことなのか。

そんな問いがまだ、立原の心の奥底に眠っていた。

2

弁護士になって三年が経《た》った。

都内のホテルで行われているのは、法律家とその関係者が集まる懇親会だ。

早く時間が経てばいいのに。

そう思いながら、グラスに軽く口をつける。

東京の大手法律事務所に所属し、民事刑事問わず仕事に追われ、経験を積んでいる。こんなところへ来る暇などあったら、仕事の一つでも片付けたいところだが、これも仕事の内だと言われれば逆らえない。

出席者は二百人くらいだろうか。

年齢層は高め。テレビで見たような顔もちらほらあって、豪華なパーティーだ。

「ああ、こんなところにいたか」

先輩の弁護士が手招きしている。

「探したよ。こういう場が本当に苦手なんだな」

「すみません。隅の方に逃げてました」

「まあ、いいさ。君に会わせたい人がいるんだ。こっち、こっち」

誰だろう。先輩弁護士の後に続いて人垣をかき分けていく。

引き合わされたのは、年配の男性だった。

「古沢冨生先生だよ」

思わずグラスを落としそうになった。取り繕うように笑顔を浮かべる。

「古沢先生、うちの事務所の次期エースです」

先輩の弁護士に紹介され、軽く頭を下げた。

「冗談を言われているだけですので。本気にしないでくださいよ」

念を押してから、名刺を交換する。

この男が古沢冨生か。直接会ったことはなかったが、昔からよく知っている。

「加瀬涼真といいます。よろしくお願いします」

「ふうん。加瀬先生ですか。加瀬、といえば……」

苗字《みょうじ》を繰り返されて、涼真は少し構える。

数秒して、古沢は思い出したように手を打った。

「ああ、あの再審事件のメンバーですか」

涼真は、ふうと心の中で安堵《あんど》の息をつく。最近は弁護団の一員としても活動している。

どこかで名前を聞いたことがあるのだろう。

「こんなにお若いのに熱心なことですな」

「足手まといにしかなっていませんよ」

「いやいや、ご謙遜《けんそん》を」

さかんに褒められ居心地が悪い。古沢の関係者がビール瓶片手にやってきたのに乗じて、何とか脱出した。

——加瀬、といえば……。

古沢の言葉が浮かんだ。

何をおびえているんだ、俺は。

恩人なのだから、いずれ会って礼を言いたいとは思っていた。だがこんなところで突然紹介されるとは思わず、逃げるようにして離れてしまった。

父が強盗殺人の容疑で捕まったのは二十三年も前のことだ。一瞬、気づかれたのかと思ったが違うようだった。あるいは覚えていたのに、他の弁護士の手前、配慮してくれたのかもしれない。父のことは、誰にも話していない。無実だったのだから、なんの後ろめたいことがあるというんだ。そう思いつつも、誤解を恐れて外では黙っている。

「こんにちは。少しお疲れですか？」

近づいてきた若い女性に、ウーロン茶を差し出された。

「ありがとうございます」

涼真は受け取って口をつける。年齢層が高く、スーツを着た男ばかりということもあるが、淡いピンクのワンピースに色白の痩身《そうしん》を包んだ姿はきらきらと輝いていた。

「私は前村《まえむら》紗季《さき》といいます。古沢法律事務所の事務員です」

「古沢先生のところの？」

「はい。時々お供に連れてこられるんです。うちの先生とお話しされているのを拝見しました」

おたおたしているところを、ずっと見られていたということか。涼真は名刺を渡す。

「加瀬涼真さん……弁護士の方なんですね」

「まだ三年目のぺーぺーです」

涼真がそう言うと紗季は微笑む。目元が優しげで魅力的だ。酒も入っているので、今なら初対面の女性とも話せそうだ。

「古沢先生の事務所ってことは、今日は金沢からいらっしゃったんですか」

「ええ、そうです」

「僕も出身が金沢なんです」

「ほんとですか」

紗季は嬉《うれ》しそうに声を上げる。それから地元ネタで、ひとしきり盛り上がった。

「たまたまなんですが、今から帰省する予定なんですよ」

「そうなんですか。私たちと入れ違いみたいですね。今度、おすすめのお店とか教えてくださいね」

スマホを取り出してLINEの連絡先を交換し、紗季と別れた。

遠ざかる背中を見ながら、ぼうっとなっていた。重たい感情は、どこかへ消え去っている。今日は来て正解だったかもしれない。

機嫌よく適当に飲んでしゃべっているうちに、いつしか終了時刻となった。

涼真はクロークに預けていたスーツケースを受け取る。そのまま駅に向かうと新幹線に乗った。


二年ぶりの金沢だ。

涼真は新幹線を降りると、今着いた、とＬＩＮＥを送った。

返事は来ないが気にせず少し歩くと、緑色の傘を手に壁にもたれる初老の男の姿を見つけた。スマホを慣れない様子でいじっている。

「父さん、ただいま」

はっとしたように父、高志は顔を上げた。

「よう、お帰り」

笑みがこぼれる。

「すぐに返信できなくて、すまん。どうも苦手なんだ、こういうやつは」

「無理しないでガラケーでいいじゃないか」

ははは、と父は笑った。

「そういうわけにはいかん。時代の波に取り残されちまう」

「格好つけたいだけだろ」

「うるさいな、ほっとけ。そんじゃあ行くか」

電車に乗りこんだ。

「わざわざ迎えに来てくれなくてもよかったのに」

「サッカーの試合があったんでな。ついでだ」

そういえば父はサッカーが好きだった。それにしても相変わらず身なりには無頓着《むとんちゃく》だ。髪も乱れている。そのことを指摘すると、父は苦笑いした。

「家も汚いぞ。覚悟しておけ」

二人で笑った。

「あいつとは会うのか」

「母さんのこと？　今回はそっちまで会ってる時間がないから、連絡もしてないよ」

「そうか」

両親は父の逮捕がきっかけで離婚した。まもなく母は再婚することになり、涼真は父に引き取られた。不器用で雑な父が、男手一つで小さな子どもを育てるのは大変だっただろう。転職を繰り返しつつ寝る間もなく働き、涼真を東京の大学までやってくれた。

「父さん、この四月から仕事を変えたんだって？」

「鉄道で働いてる。アルバイトだ」

「そんな仕事があるのか」

「還暦過ぎてまで、あくせく働きたくないからな。適当にやれてちょうどいいんだよ。飲み代稼ぎみたいなもんだ」

涼真はため息をついた。

「もう年なんだから、あんまり飲み過ぎるなよ。記憶がなくなるまで酔っぱらうような無茶はもうやってないだろうな」

父は否定せず、ただ笑うだけだった。

「おい、本当に気をつけてくれよ」

「わかってる。わかってる」

ごまかす父に涼真は苦笑いした。

家に着くと、すぐ寝られるよう布団が敷いてあった。

洗面台で歯をみがく父の背中は、いつの間にか小さくなっている。還暦を過ぎても元気がみなぎっている人だってたくさんいるのに、久しぶりに会った父はすっかり老け込んでいた。

「爺《じじい》になると眠くなるのが早いんだよ。悪いが先に寝させてもらうな」

そう言って襖《ふすま》を閉めると、すぐに父のいびきが聞こえてきた。

涼真はテレビを消すと、風呂《ふろ》に入った。

「掃除くらいしとけよな」

文句を言いながら湯船につかる。まあ男の一人暮らしはこんなもんか。自分も人のことは言えない。ほっと息をつきつつ、天井を見上げた。

父が逮捕されたときのことは、うっすらとしか覚えていない。記憶にあるのは、父が突然いなくなって悲しかったことと、父が戻ってきて嬉しかったこと。あの時、正義は勝つんだと強く思った。父を救ってくれた古沢弁護士はヒーローだった。自分も正義のために戦う弁護士になりたい。そう思ってまっすぐつき進み、今に至る。

寝る前にスマホをチェックすると、ＬＩＮＥが来ていた。

紗季からだ。

——今日はありがとうございました。金沢に無事着いたかな。おやすみなさい。

思わず、頬《ほお》が緩む。

久々の帰省。明日は温泉にでも連れて行ってやろうか。ゆっくりと親孝行するとしよう。

そう思いつつ、涼真は布団に潜り込んだ。

3

けたたましいカラスの鳴き声で目を覚ました。

今日は燃えるごみの日。やつらはよく知っていて、生ごみのある日は朝からうるさい。

カーテンを開けると日が差しこんでくる。

立原はあくびをしながら階段を降りていくと、台所の方から妻と千尋の声が聞こえる。

顔を出したとたん、セーラー服を着た千尋がわめいた。

「お父さん」

礼を言われるかと思ったのに、しかめ面だ。

「買ってきてって言ったやつ、これじゃないいんだけど」

ポシェットを袋から出して、突き出す。

何ともすてきな感謝の言葉だ。せっかく買ってきてやったのに。

「そっちの方がいいだろ」

「どこが？　限定のやつだって言ったじゃん。勝手に判断しないでよ」

「それしか売ってなかったんだよ」

「だったら買わなくていいじゃない。なかったよって言えば済むでしょ」

親切で買ってきてやったのに、こんなに怒ることはないだろう。

「それより礼くらい言ったらどうだ」

「何で？」

「気に入らないものでも、もらったら礼くらい言え」

「意味わかんないし。お父さんなんて大嫌い」

捨て台詞《ぜりふ》とともに千尋は学校へ行ってしまった。困ったものだが、家庭内のことまで気にしていては身がもたない。平然と椅子に座る。

トーストをかじりながら新聞を広げる。

「千尋も反抗期か」

つぶやくと、妻に睨《にら》まれた。

「あなたが悪いわ」

はいはい、そうですか。

心が休まる場所はどこにもないのか。さっさと朝食を終えて家を出ると、向かいの家の生ごみが道路に散らばっている。当然ながら片付けてやる気も起きず、見て見ぬふりをして足早に立ち去った。

ポシェットなんてどれも一緒だろう。しつこく思い返してはイライラしていた。立原は息を吐く。自分でもわかっているのだ。ストレスがたまっていることくらい。

検察庁に入ると、エレベーター前で捕まってしまった。

「立原さん、おはようございます」

二千花だ。

「いい朝ですね」

こっちの気も知らず、ご機嫌な表情だ。

「今日は朝からいいことがあって。なんとまあ、うちのサボテンに子どもが生まれたんです。あんまりかわいいので、机の上に置こうと連れて来ちゃいました。ほら」

紙袋からサボテンが顔を見せる。大きなサボテンの一部に小さなサボテンがくっついている。確かに子どもが生まれたようにも見える。ただこっちの頭からは頭痛の卵が生まれそうだ。

どうでもいい会話を広げる必要などない。気力を無駄に消費するだけだ。

午前中に新件を済ませて昼食をとり、次は柴田日菜子の件の取調べを始める。

「はい、どうぞ」

入って来たのは、恰幅《かっぷく》のいい男だった。大きな背中を丸めて座った。

柴田洋輔。日菜子の夫であり、本事件の被害者だ。

「入院されていたそうですが、お体は大丈夫ですか」

「ええ、おかげさまで」

柴田の言葉にうなずくと、二千花は質問を始めた。

「日菜子さんは、殺されるかもしれないという恐怖で刺した、と正当防衛を訴えています。どうなんでしょう？　奥さんへの暴力行為は日常的だったんですか」

「……それは、そうかもしれません」

「殴る蹴るの暴行を加えていたと聞きました。近所に住んでいる方も、普段からあなたの怒鳴り声を聞いているそうです」

医者の診断書もあるため、言い逃れることはできないだろう。

だが正当防衛は簡単に認められることではない。さすがの二千花も、そのことはわかっているようだ。

「あなたが帰宅してすぐに口げんかになったということですが、その事実に間違いはありませんか」

「はあ、おそらく」

「奥さんと口げんかした内容は、何だったんですか」

柴田は少し間をおいてから口を開いた。

「内容、ですか」

「日菜子さんの話では、お酒のことで揉めたと」

柴田は目をしばたたかせた。

「ああ、そうだったかもしれません」

「殺すぞと言って、包丁を取りに行ったのは本当ですか」

「ううん……酔っぱらっていたので覚えていないんです」

「そうなんですかあ、困りましたね」

また頭痛の気配がしてきた。すぐに何でも信じすぎだろう。

「柴田さんのおうちには、お子さんがいらっしゃいましたよね。確か六年生の男の子で、新太《しんた》くんという名前の。彼はその時の様子を見ていなかったんですか」

柴田は視線をそらすと、ゆっくり首を左右に振った。

「新太はとっくに寝てますよ。その時間は」

「大声でけんかしていたんでしょう？　もしかしたら見ていたかもしれません」

「いえ、それはないです」

そうですかあ、と二千花はがっかりしたようだった。

「では、質問を変えます。あなたは刺されたことを、どう思っているんですか」

柴田は不意をつかれたような顔をした。

「どうって」

「命を落としていたかもしれないんですよ。恨んだりしていないんですか」

「それは……」

柴田は言い淀《よど》んだ。

「まあ、自分が悪いというのが正直なところです」

ため息まじりにうなだれた。

「柴田さん、今は奥さんが留置場にいますけど、この先のこと……奥さんとはどうしていきたいとお考えですか」

立原に指摘されると、柴田はさらにうなだれた。

「事件の前は離婚しようかという話もあったんです。でも、こんなことになって目が覚めました。妻への暴力は二度としません。妻は悪くないんです。息子のためにも、親子三人でやり直したいんです」

「そうですか。そうですよね」

二千花は両手を握りしめ、何度もうなずいている。反対に立原は苦虫を噛《か》みつぶした。

何なんだこの薄っぺらいやり取りは。

口ではどうとでも言える。よほどのことがない限り、人なんて簡単には変われないのだ。正当防衛は認められないだろう。柴田日菜子を殺人未遂で起訴。ＤＶを受けていたという事実を考慮して、執行猶予というのが落としどころではないのだろうか。

柴田は去っていった。

「検事、この事件の鍵《かぎ》は正当防衛です」

司法修習の指導員のように、立原は声をかけた。

「現状では正当防衛は認められないというのが、私の見解です」

立原が言うと、二千花は頭を抱えこむ仕草をした。

「ううん、今すぐ日菜子さんの話を聞きたい……」

こちらの話を聞いているのだろうか。立原は二千花の顔をのぞき込む。

「日菜子さんは今日、呼び出しの予定はありませんよ」

「そうですよねえ。だったら会いに行きましょう」

すっくと立ち上がると、二千花は警察へ行くと言い出した。今すぐだって？　他の仕事はどうするんだ。聞く暇を与えず、二千花は部屋を出て行ってしまった。

「気まぐれにもほどがあるだろう」

勘弁してくれよ、と立原は小さくぼやきながら後を追った。


どうしてこうなるんだ。

勢いで車に乗せられた立原は、居心地悪く助手席に座っていた。

二千花はハンドルを握っている。運転中なのに心なしか視線がよく合うので、ちゃんと前を見てほしいと冷や汗が出る。

「立原さん、だいたいわかりましたよ」

「こっちは見なくていいから、前を向いてください」

スピードも遅すぎだろう。後ろの車にあおられていることに気づいていないのか。

「それで何がわかったって言うんです」

「はい。柴田日菜子さんは、たぶん〝罪とならず〟で不起訴じゃないかなって」

不起訴……正当防衛を認めるというのか。

〝罪とならず〟は、無実がよっぽど明白な場合に限られる。今回の場合、夫をナイフで刺したのが正当防衛であったという客観的証拠は存在しない。

「ひょっとして検事……」

「はい？」

「いえ、何でもないです」

ＤＶを受けていたことに同情して、不起訴にすると言っているのではないのか。情に流されて冷静に判断できないようでは検事失格。だがここで言わなくてもいい。そんなことをわざわざしなくても、きっと上からすぐに指導が入るだろう。

無事に車がたどり着いたことにほっとして、さっそく署内へ入った。

被疑者の日菜子が連れてこられ、取調べが始まった。

「日菜子さん、私はあなたを不起訴にしようと思っています」

顔を見るなり二千花は切り出した。立原の片頭痛が始まる。

「不起訴？」

「ええ、そうです」

「正当防衛だったと認めていただけるんですか」

日菜子の顔が、ぱっと明るくなった。二千花は微笑む。

「あなたに確認したいことがあるんです」

「はい、何でしょう？」

「以前もお聞きしたことです。事件の日、あなたと旦那さんは、どうしてけんかになったんですか」

「それは、お酒のことで」

「もう一度、聞きますよ。それは本当に間違いありませんか」

重ねて聞くと、日菜子は口ごもった。

「間違いない……ように思ったんですが、いろいろと言い合いになっていたので他のことだったかもしれません」

なぜだか日菜子はトーンダウンした。

「もう一つ。あなたが旦那さんを刺したときの状況について確認させてください」

ごそごそと鞄の中をまさぐり、サインペンを取り出した。

「これね、ナイフだと思ってください」

机の上に置くと、立原を前かがみに立たせる。

「旦那さんは、こうやってシンク下から包丁を取り出そうとしていたんですよね」

「はい」

「どんな風に刺したのか、実際にやってみてもらえますか」

立原を被害者に見立てて、再現させるようだ。

「それは……こう」

日菜子はおずおずとサインペンを手にすると、立原の背中に振り下ろす格好をした。診断書と同じ部位に当たっていた。

「なるほど、そういうことですね。ありがとうございます」

二千花は何かに納得したようだ。

「これで十分です。柴田日菜子さん、やっぱり私はあなたを不起訴にすることにします」

日菜子は、ほっとした顔だ。

「黒木検事」

たまらず、立原は声を出した。

どうして今ので正当防衛を認められるというんだ。むしろ、これだけはっきり背を向けていたなら、夫から逃げることだってできたかもしれない。助けを呼んだり、身を守る方法はいくらでもある。ナイフで刺すしかなかったなんて、とても言えない。

「何でしょう?」

二千花は、きょとんと見つめ返した。

「正当防衛を認めるのは、早計です」

いい加減にしろと思いつつ、立原は軽く睨んだ。

「立原さん。私は正当防衛が成立するなんて、一言も言ってません」

「はあ?」

何を言っているんだ。今、不起訴にすると言ったではないか。

「これ、よく見てくださいよ」

二千花は書類を差し出してきた。以前、日菜子が描いた現場の見取り図だ。

「へたくそすぎだと思いませんか」

「は、はあ?」

「ほら、線がへなへなでしょ」

上ずった声で、日菜子が口を挟んだ。

「それは……緊張していたから変になってしまったんです」

二千花は視線を、立原から日菜子へと移した。労《いた》わるような目をしている。

「日菜子さん、あなたの利き手ってどちらですか」

その質問に、日菜子の左手がかすかに震えた。

「それは……」

「この見取り図、あなたは左手で描いていました。さっきの実演でも左手で刺そうとしていた。でも本当は右利きなんですよね。あなたのお母さんに電話で確認済みです」

いつの間に電話なんて……立原は首をひねった。いやそれより、利き手に何の意味があるというんだ。

「旦那さんの刺された傷の状況から、左利きの人間が刺したとばれてしまうかもしれない。実際はそんなことまでわかってはいませんけど、警戒するあまり左利きのふりをしたんでしょう」

二千花は日菜子に、そっと顔を近づける。

「柴田洋輔さんをナイフで刺したのは、あなたじゃない」

日菜子は大きく目を開けた。

「息子の新太くんですよね」

まさか、そんな……。

「あなたは完全な無実。そんな人を起訴することなんて、できませんよ」

日菜子は震える手を固く握りしめている。その表情はすべてをあきらめきったように見えた。ひょっとして二千花の言うことは本当なのか。

立原は呆気《あっけ》にとられて言葉が出なかった。二千花はさらに続ける。

「事件が起こるきっかけになった口げんか。日菜子さんはお酒のことでけんかになったって言いました。旦那さんの方は酔っぱらってて覚えていないって。でも、どちらも嘘なんですよね」

「…………」

「柴田さん家《ち》のお隣さんに聞いてみたら、けんかの声はお酒のことじゃなかった。新太くんの中学受験のことでした。最近聞こえてくるのは、そのことばかりだったって」

日菜子が下を向いてしまったので、気遣うように二千花は肩にそっと手を当てた。

「おかしいなあって気づいたのは、旦那さんの話を聞いていたときです。酔っぱらって覚えていないって言うのに、新太くんが二人のけんかを見ていなかったことだけ断言するんですもん」

日菜子は腕を押さえて震えている。しばらく取調室に沈黙が流れた。ここにあるのは重苦しい雰囲気ではない。あたたかく見守り、待っている。そんな感じだった。

やがて日菜子の唇がかすかに動いた。

「……嘘をついて、すみませんでした」

すべて二千花の言ったとおりだと、涙を流した。

正当防衛が成立するかなんて、全くの論外。そもそも刺していないのだから〝罪とならず〟で不起訴……考えもしなかったことだ。

「あの晩のこと、残らずお話しします」

それから日菜子は、一つずつ話していく。

DVが日常的にあったのは事実だったという。息子の新太は、自分のことで両親が争い、母親が暴力をふるわれるのに心を痛めていた。あの日、父親が包丁を取りに行くのを見て、母親を守ろうとナイフで刺したらしい。むせび泣く息子を目の当たりにして、ようやく柴田夫妻の目が覚めたというわけだ。救急車を呼ばなくてはならないほどの大けがなので、事件自体を隠すことはできない。そう思った彼らは、口裏を合わせて事実を隠そうとした。

「私たちのせいで息子にあんなことをさせてしまいました。本当に馬鹿な親です。新太は悪くない。あの子を守ってやりたかった」

もう一度、すみませんと言って日菜子はうなだれる。

思わぬ真相が明らかになったところで取調べは終わった。

帰り道、助手席の二千花は何度もため息をついていた。

「息子さんを思うがゆえの嘘……ご夫婦揃《そろ》って必死に隠そうとしておられるのに、それを暴いてしまうのは少し心が痛みました」

「いや、それが検事の仕事ですから」

そう言いつつも、今も驚いている。これまでどうしようもない甘ちゃんだと思い込んでいたが、本当は少し違うのかもしれない。

「黒木検事、さっきは失礼しました」

ハンドルを握りつつ立原は謝罪した。

「検事には、真相について確信があったんですね」

二千花は窓の外を見つめながら、ゆっくりうなずいた。

「サボテンが教えてくれたんです」

「え？　どういう意味ですか」

「親サボテンは子サボテンを守るため、あえて枯れることがあるんです。この事件に似てませんか」

「検事……」

「なんてね。ただの後付けです。直感ですよ」

二千花は微笑む。

なんだそれは。立原は顔をしかめるが、気を取り直して話を続ける。

「日菜子さん、最後はすっきりした顔に見えました。かばわれている息子さんだって一生隠して生きていくのもつらいでしょう。これでよかったんですよ」

二千花はそうですか、とため息をつく。

「起きてしまったことは取り返しがつきません。でもこれをきっかけに、ご家族三人とも、いい方に変わっていってもらえたらいいです」

二千花は遠くを見るような目をしてから、再びため息をつく。

「立原さん、今日はもう二日分体力を使ったので、これでおひらきにしてもいいですか」

「はいはい。検察庁に戻ったら、やることが山ほどありますからね」

見直したのは一瞬だけだった。この検事は何なのだろうか。そんな思いのまま、検察庁へと車を走らせた。

4

朝早くから立原はハンドルを握っていた。

河川敷で変死体が見つかったという連絡を受けて、検視に向かう。警察の話によると自殺や事故の可能性は低く、殺しらしい。急に起こされたというのに、頭は冴《さ》えわたっている。久しぶりの大きな事件だからだろうか。いや違う。自分の中に何か言葉では説明できない、ざわつくような不安感がある。

午前五時過ぎ。コンビニの駐車場に車をとめるとスマホを取り出した。

黒木二千花。

さっきから何度も電話をかけているがつながらない。いつ呼び出されるかわからないというのに、自覚が足りないだろう。メールも送るが返信はない。

イライラしながら電話をしつこく鳴らしていると、ようやく出た。

「もしもし」

「検事、仕事ですよ。すぐに来てください」

「ううん、どうしたんですかあ?」

眠そうな声だ。

「検視の依頼です。急いで来てください」

「……いやです」

何が嫌だ。仕事だろう。

「だって苦手なんですもん」

「遺体がですか」

「いえ、起きるのがです」

頭痛の気配がして、こめかみを押さえた。二千花は続ける。

「重大事件なら、三席検事の担当じゃないんですか」

「三席は風邪《かぜ》で体調がすぐれません。最近、過労気味でしたから」

二千花がたらたらしているので、ベテランの三席検事にしわ寄せがいっていたのだ。

「私、頑張らない主義なのに。ああ、三席……老骨に鞭《むち》打ってくださいよ」

さらりと酷《ひど》いことを言う。

「ほら、ごねていないで、さっさと来てください」

詳しい場所を教えてから通話を切る。

まったく困ったものだと思いつつ、ハンドルを握る。

二千花がもたもたしているせいで遅れたが、現場となったのは河川敷だった。

金沢市内の南の外れ。朝焼けが川面《かわも》に反射してまぶしかった。すでに警察の車が配置され、鑑識が現場を調べている。通りすがりの老人が連れた大きな犬が、ワオンワオンと嘆き悲しむようにひどく啼《な》いている。

「立原さん」

近づくと声をかけられた。知りあいのベテラン刑事、濱田俊哉だ。

「あれ？　検事は一緒じゃないのか」

「今、向かっているところだ。三席が体調不良なので、黒木検事が代わりに来るよ。それより殺しだそうだが」

濱田はうなずいて、しかめ面をした。

「こっちだ」

遺体は川の浅瀬で湯船につかるような格好で発見されたそうだ。刃物で刺されたような傷跡が複数あり、何者かに殺されたのは明白だ。亡くなった男性の顔を見つめる。年齢は六十代くらいだろうか。

静かに手を合わせて冥福《めいふく》を祈った。

「立原さあん」

声がして振り返る。ようやく二千花がやって来た。

「お待たせして、すみません」

二千花は眠そうな目をこすっている。ワンピースの前後が逆かもしれなかったが、何も言わないことにした。

「被害者の方について教えていただけますか」

二千花の問いに、濱田が答える。

「米山勝夫《よねやまかつお》さん。六十二歳。近所で自動車部品工場を経営していたそうです」

所持品の財布に入っていた免許証から身元が判明したという。二千花はしゃがみこむと、遺体に顔を近づけて観察している。苦手ではない、というのは本当のようだ。てっきり嫌がるかと思っていたが、ほっとした。遺体には声なき被害者の訴えが残されている。直視できないようでは検事は務まらない。

「通報者は？」

「ジョギングをしていた近所の住人です」

濱田に案内されて、遺体発見場所の上にある橋へと移動する。

車道と歩道に分かれていて、橋の手すりの近くには被害者のものと思われる血の痕《あと》があった。ここで刺殺された後、川に落とされたということだろうか。

「濱田刑事、あれは何でしょう？」

二千花は橋の上から川べりを指さす。見下ろすと、緑色の傘が落ちていた。橋を下りて近づいて見ると、傘は半分だけ水につかっており、持ち手に血が付着しているようだ。

「被害者、もしくは犯人が所有していたものかもしれませんので、証拠物としてこれから調査します」

二千花は考えこむようにした後、空を見上げた。

「昨日って、雨は降ってましたっけ？」

立原はスマホを取り出して調べる。

「降ったりやんだりしていたようです」

それからもう少し、現場を見て回った。

「橋から落とされたようです。頭部に打撲痕《だぼくこん》もありますし」

二千花はうなずいた。

「他に気になることはありますか」

「そうですね。この事件と関係ないかもしれませんが……」

濱田は鼻の頭を軽く掻《か》いた。

「昨晩十時前に公衆電話から通報がありまして。橋のたもとに男の遺体がある、ということだったそうで」

「男の遺体？」

二千花が顔を上げた。

「ええ。通報は途中で切れてしまったし、見に行っても何もなかったと。ここから一キロほど上流の方です。いたずらだったのだと処理したそうです。それなのに一日も経たないうちに、近辺で新たな通報ですよ。そして今度は本当に遺体があった」

「ふうん……おかしな話ですねえ」

濱田の説明に、二千花は小首をかしげた。

「まるでガジュマルの木です」

「なんですか、それ」

濱田が聞き返す。立原は顔をしかめた。

「移動するんですよ、ガジュマルの木は。まあ、時間をかけてゆっくりとですけどね。詳しく説明しますと……」

長くなりそうなので、立原が遮った。

「上流で殺されて、橋の方へ運ばれてきたとか？」

「そういうことも考えられますが、通報者が場所を間違えていただけかもしれません」

詳しいことは司法解剖待ちになるが、濱田の言うことが一番真実に近そうだ。今言えることはこれが殺人であり、遺留品かもしれない傘があるということだ。ここから犯人に迫るしかない。

徐々に夜が明けていく。

きれいな朝焼けの中、二千花は川に落ちている傘をじっと見つめていた。

殺人事件の検視から、一日が経った。

立原は事務官仲間とともに『とり敏』にいた。

「例の事件って、犯人がまだ見つからないんですか」

「ああ」

捜査本部が設置されたが、進展があったとは聞いていない。

有力な情報としては、犯人らしき男を現場近くで目撃した人物がいた。話によると逃げていったのは小柄な年配の男らしい。

「それにしても黒木検事、かわいいですよね」

ビールを手にした若い事務官が、うっとりと言った。

「彼女の真価は検事としての能力ではない、ゆるふわな癒し力なんです」

「何馬鹿なことを言っている」

「いや、僕じゃなくて、次席が言ってたんですよ」

「は？」

若者たちは笑った。

「次席って怖そうに見えて、真面目《まじめ》な顔でおかしなことを言うんですよ」

「知らなかったんですか？」

そうだったのか……怖い人だとばかり思って構えていた。

「立原さんが次席の発言を馬鹿にしていたって、言いつけちゃおうかな」

事務官たちは立原の反応を楽しんでいる。くそ。引っかかってしまったか。

次席が黒木検事を高評価しているとは知らなかった。まあ、この間のＤＶ事件では二千花もその能力の片鱗《へんりん》を見せてくれた。ただこのまま片鱗だけで終わってしまうかもしれないが。

スマホに着信があった。濱田からだ。

「はい、もしもし」

「立原さん、いいか」

　電話越しだが、ただならぬ空気を感じた。

「何かあったのか」

「現場に傘が落ちていただろう。被害者の血液が付いていたそうだ。それとあの持ち手部分から、同一人物の指紋が多数検出された。被害者とは別人だ」

　つまり、その指紋は傘の持ち主のものだろう。傘に被害者の血が付いていたというなら、その持ち主が犯人である可能性が高い。

「知ってるやつだったよ。あんたも、俺も」

「知っているって……いったい誰の指紋だったんだ?」

　じらすように濱田は一呼吸入れた。

「加瀬だ。加瀬高志」

「えっ」

　その名前を聞くのは、何年ぶりだろう。空白の時を越えて、記憶が一瞬でよみがえる。

「濱田さん、それは間違いないのか」

「ああ、データベースでヒットした。あいつに間違いない」

　まさか。どうして加瀬が……。いや、意外ではない。あいつは岡野さんを殺している。生まれついての殺人者なのだ。

「今度こそ、逃さない」

小さくつぶやくと、濱田は通話を切った。
立原の背筋を冷たいものが駆け抜けていった。

第三章　神の采配

1

新幹線は金沢へ向かっていた。

涼真はデッキに出ると、クライアントと通話する。

「申し訳ありません」

激しい雨が新幹線の窓を叩《たた》いている。

「明日、お待ちしておりますので」

もう一度、丁重に謝って通話を切る。今日、予定していた離婚調停の打ち合わせを延期してもらったのだ。

座席に戻って、ノートパソコンを開く。書類を作成し始めるが、スマホが震えている気がしてポケットから取り出す。画面を見るが着信はなかった。ただの錯覚だ。

事務所から慌てて飛び出してきてしまった。とりあえず上司に事情を話し、代わってもらえる仕事は仲間に頼んだ。埋め合わせは必ずする。じっとなんかしていられない。

とりあえず今できる仕事をしなければと思い、パソコンに向かうが手につかない。平常心。それを座右の銘のようにしてきたのに、異常事態においては何の意味ももたなかった。

父が警察に逮捕された。

金沢で起きた殺人事件のニュースは、四日前に定食屋のテレビでたまたま見た。唐揚げを頬張《ほおば》りながら気にも留めていなかった。それなのに……。

やがて新幹線は金沢に着いた。

涼真はすぐにタクシーを拾う。管轄は金沢城の南にある警察署だ。

「城南《じようなん》署まで」

どうなっているんだ。

無実だとわかれば、あっさり身柄が解放される可能性はある。だが電話で警察と話した感じでは完全に犯人扱いだ。逮捕歴があるから疑われやすいのだろうか。直接、父の口から早く確かめたくてもどかしい。

警察に着くと受付の人に聞かれた。

「弁護士の方ですね。接見ですか」

涼真は襟元につけたままの弁護士バッジを見た。

「あ、いえ。被疑者の家族の者です。面会でお願いします」

しばらく待つかと覚悟していたが、肩透かしのようにすぐに呼ばれた。接見室へと赴く。

穴の空いたアクリル板の向こうに、疲れた顔があった。

「父さん」

「……涼真」

そう言った後、口を真一文字に結んで父はうつむいてしまった。

勢い勇んで来たが、父を目の前にすると言葉が出なかった。俺《おれ》がやったと言われるのが怖いのか。

涼真は一息吸うと、まっすぐに父を見つめる。

「どうなんだ？　父さん」

父は顔を上げて、視線を受け止めた。

「ああ？」

「殺してなんか、いないよな」

父の視線は涼真の首くらいの位置にあった。

「そう思う」

「思う？　なんだよそれ。しっかりしてくれよ、父さん」

「いや、実のところ酔いつぶれていてな。その夜のことはよく覚えてないんだ」

「また記憶がなくなるまで飲んでいたのか。気をつけろって、いつも言ってるのに」

涼真は遮蔽板《しゃへいばん》に顔を近づけた。

「もっと前から事情聴取されてたんだろ。どうしてすぐに呼んでくれなかった？　逮捕されずに済んだかもしれないのに」

すまん、と心底申し訳なさそうに父はうなだれた。

「下手に連絡して、心配かけたくなかったんだよ」

「殺してないからすぐに解放されると思ったのか？　無実でも昔、逮捕されただろ」

「あ……ああ、そうか」

ばつが悪そうに、父はうなずいた。

「俺が父さんの弁護人になるよ」

「いや、それはいい。もう弁護士は頼んだんだ」

「え、誰《だれ》だよ」

「古沢先生だ。俺が知っている弁護士っていったら、お前か古沢先生くらいだからな」

「……そうか」

ついこの間、パーティーで偶然会ったばかりだ。

父が真っ先に頼ったのが自分ではなく古沢……どこかに嫉妬心《しっとしん》のようなものを感じた。

涼真は立ち会いの警官に目をやってから、聞こえているのを承知で小声でしゃべる。

「経験者だからわかっていると思うけど、逮捕した以上、警察は簡単には釈放しない」

「わかっている。本当にしつこいからな」

「どんなに脅されても絶対に認めるなよ。昔だって踏ん張れたんだ。今回もできる」

ああ、と父は大きくうなずいた。

「俺も逮捕されるベテランになっていくようだな」

父は苦笑いする。

冗談を言える余裕があるならいいことだ。涼真も緊張の糸がほどけてきた。連絡を受けてから気が気じゃなかったから、こうして父の顔を見て少しほっとしている。ここにいるのは俺が知っている優しい父だ。何ら変わらない。

「被害者の米山って人とは知りあいなのか」

父はふうと息を吐いた。

「全く知らん」

「本当に？」

「息子に嘘《うそ》ついてどうする。そんな人、会ったこともないし、名前も初めて聞いた」

うなずくと、涼真は口元に手を当てる。いったい何を根拠に父は逮捕されたのか。決定的な物証はあるのだろうか。

「事情聴取のとき、警察に聞かれたことを教えてくれ」

「ええとだな……事件のあった時間に何をしていたのかと、あとは傘のことだ」

「傘？」

繰り返すと、父は目をしばたたかせる。

「俺の傘が、事件の現場に落ちていたらしい」

「それって本当に父さんの傘なのか」

「ああ。緑色の年季が入ったやつだ。現物を見て確認したが俺のだった」

どうやら傘に残っていた指紋から持ち主が判明し、参考人として呼ばれたようだ。二十三年前に採取された指紋のデータが残っていたのだろうか。

「なんで父さんの傘がそんなところに落ちているんだよ。理由がわかるか」

「俺が聞きたい。よくわからないから困ってるんだ」

少し考え込むようにしてから、父は口を開いた。

「確かあの傘を最後に使ったのは金曜日だ」

涼真はスマホにカレンダーを表示する。事件のあった日の、ちょうど一週間前だ。

「雨が途中でやんだから、たぶんどこかの傘立てに忘れてきたんだろう。スーパーか、コンビニ……ドラッグストアかもしれん」

なるほど。出先でなくしたということか。それなら父以外の誰かが、あの傘を事件現場に持っていったと説明がつく。

「事件の日には、あの傘は家になかったってことで間違いないか」

「ううん……たぶんな」

自信満々に話しておいて曖昧《あいまい》な返事なので、涼真は頭を抱えたくなった。当時の天気をスマホで検索すると、父が傘をなくしたらしい日から事件の前日まで、雨は降らなかったようだ。傘をさす機会がなければ、なくなっていても気づかないだろう。雨降りの日があっても、アパートにはもう一本、グレイの傘もあるので困らない。昔から傘をよくなくしてくるし、どこかから知らない人の傘を持ってきてしまうこともある。適当な父のことだから、傘のことなどいちいち気にしていないのだろう。

「米山さんが殺された橋の辺りへは行ったことはあるのか」

「ああ、あそこは俺の散歩コースだ。バイトが休みの日には、よく行くよ」

ということは散歩中に落とした可能性もある。いや、ハンカチとかならともかく、傘を川に落として気づかないものだろうか。

「事件の日も雨だったみたいだけど、傘は持って出かけたのか」

「どうだったかな。まあ、たいした雨じゃなかったし、邪魔だと思って持って行かなかったかもしれん」

「そんなことも覚えていないのか」

「俺だって思い出したいよ。けどな、年を取ると忘れっぽくて本当に覚えていないんだ」

「年のせいばかりじゃないだろ」

やれやれと苦笑いする。

「じゃあ、夜の八時頃《ごろ》はどこにいた？」

「たぶん、片町《かたまち》だ」

金沢市の中心的な繁華街だ。

「歩いて飲みに行った」

「片町の何ていう飲み屋なんだ？」

「それがなあ……『ひよ吉《きち》』かもしれないが、違うかもしれないんだ」

「なんで曖昧なんだよ」

「夕方に『ひよ吉』へ行ったところまでは覚えている。だがあれだ。酔っぱらって途中から記憶がないんだ」

十時過ぎに、家の近くの自動販売機で水を買ったところからは覚えているそうだ。

父は申し訳なさそうに背中を丸める。

「事件のあった八時頃っていったらなあ、『ひよ吉』にいたかもしれんし、別の店に移ったかもしれん。家に帰る途中で眠り込んでいたかもしれないし……」

涼真はため息をつきたいのを必死でこらえた。

「断片的なことでもいい。何か覚えていないのか。父さんの記憶だけが切り札なんだ。小さなことが父さんを救うかもしれない」

「あ、ああ」

父は目を固くつむると、必死に記憶をたどっていった。

「グラスを落として割った気がする……こんな記憶では駄目か」

「いや。それが本当なら助かる。きっと店員か客が覚えているはずだ」

少し望みが出てきたと明るく言った。

「食べたものとか飲んだものとか、こういうのを見たとかでもいい。他に何かないか」

再び父は考えこむ。涼真は祈るような気持ちで見つめていた。

「そうだ。魚の形の……あれだ。たい焼き！　たい焼きを食べた気がする。あんこがうまいと思ったんだ」

「たい焼き？　居酒屋でそんなのあるのか」

「食べたんだから仕方ない」

たい焼き、か。店で注文して食べたか、帰り道に買い食いしたのかもしれない。

「そうだ。たい焼き食べながら、店にいた誰かと話したんだ」

「本当か？　どんな人だった」

「たぶんおっさんじゃないかな。若い女とかだったら覚えてるだろうし」

同席した人物がわかれば、証人として決定的だ。

「とりあえずそんなとこだ」

涼真はメモを取る手を止めた。

「このことは古沢先生にもちゃんと伝えておくんだぞ」

わかった、と父は大きくうなずく。

「父さんのことを信じているからな」

「涼真、ありがとうな」

感極まったように、父は目を潤ませる。

また来るよと言って、部屋を出た。

自分の人生がかかっているのに、父の記憶は不確かだった。困ったものだが、ほっとしている自分もいる。父が言うことに嘘はないと自分には思えるからだ。だったらこちらは父を信じるだけだ。

待合室には一人の老人が座っていて、スマホを熱心にいじっていた。

「くそ、課金システムなんて誰が考えたんだ」

文句を言いつつも、やめられない様子だ。変わった感じの人だ。いい年をしてスマホゲームにはまっているのか。

あれ、この人……。

「古沢先生」

声をかけると、老人は顔を上げた。

「うん?」

やはり古沢だ。目をしばたたかせると一瞬だけこちらを見たが、またすぐにゲームをやり始めた。

「あの、先生」

「ちょっと待っててくれるか。今、手が離せなくてな」

「はあ」

「よおっしゃあ! 見たかこの野郎」

古沢はガッツポーズをした。周りの人たちは冷めた目で見つめていた。

ようやくスマホをしまうと、古沢はこちらを向いた。

「最近どこかで会ったかな？」

涼真はゆっくり頭を下げる。

「はい。東京のパーティーでご挨拶《あいさつ》しました。弁護士の加瀬と言います」

古沢は思い出したように、両手で涼真を指さした。

「君か。でも、ここにいるってことは」

「はい。加瀬高志は僕の父です。お世話になっています」

「なるほど、なるほど。不思議な縁ですな」

古沢は顎《あご》をさすった。

「いやあ、あの時の小さな息子さんが今や弁護士とはね。立派になられて、さぞかしお父さんも喜んでおられるでしょう」

「いえ。僕たちが今までやってこられたのは古沢先生のおかげです。本当に感謝しています。それなのに、またしても先生に頼ることになってしまって」

思い切って、涼真は言葉を続けた。

「先生、父の弁護活動に協力させてはいただけないでしょうか。微力ながら少しでも力になれることがあるかもしれません」

快諾してもらえるかと思ったが、意外にも古沢は首を横に振った。

「気持ちはありがたいが、遠慮しておくよ」

「どうしてですか」

「私情が入ると、ろくなことはないからね。まあ、任せておきなさい」

古沢はにっこり微笑《ほほえ》んで、父の接見へと向かった。


ややもやとした気持ちのまま、城南署を後にした。

古沢に申し出を拒まれたが、何もせずに黙って見ていていいのだろうか。

近くの飲食店に入り、金沢カレーを食べながら、スマホのニュースを見た。

見てもろくなことが書かれていないと思いつつ、ついつい父が逮捕された事件を検索してしまった。〝逮捕された人間〟イコール〝犯人〟じゃないということは、世間にはまだ浸透していないようだ。どの記事も、父を犯人と決めつけているとしか思えない。そんなものばかり目で追っていると、おかしな気分になってくる。

本当は犯人なんじゃないのか。

信じると父には言ったが、本当は不安でいっぱいだ。殺人犯として疑われるなんて滅多にないことなのに、二度も起こるなんてありえるだろうか。

じっとしていたら、悪いことばかり考えてしまう。

最終の新幹線まで、まだ時間はある。

片町に向かって一軒の居酒屋の看板を見上げた。『ひよ吉』は父が昔から入り浸っていた焼き鳥屋だ。準備中の札がかかっているが、戸は開いた。涼真は中へ入ると主人に声をかける。弁護士だと名乗ると、主人はじっと名刺を見つめた。

「どうかしましたか」

「あんた。加瀬って名前って、まさか」

涼真は大きくうなずく。

「はい。加瀬高志の息子です」

「うわ、まじかよ」

主人は涼真の顔を見つつ、驚いていた。

「あの人の言うこと、本当だったんだな」

「どういうことですか」

「いやあ。あの人酔うとな、自分の息子はイケメン弁護士なんだって、すぐ自慢するんだよ。悪いがちっとも信じていなかった。正直、加瀬さんって見た感じ、ちっこくて普通の冴《さ》えないおやっさんだからさ」

常連客だからか、気さくな仲だったようだ。

「ニュースで見てびっくりしたよ。加瀬さんが人を殺すなんてさ。あんたも大変だな」

「逮捕されただけです。父は殺人なんてしてません」

「犯人だから逮捕されたんだろ？」

これだから困るんだ。

「父はやっていません。それを証明するのが弁護士の仕事なんです」

ふうん、と主人はよくわかっていないような反応だ。気を取り直して、事件のあった日のことを訊《たず》ねる。

「夕方、この店に来たと言っているんですが」

主人はカレンダーを見つつ、思い出していた。

「ああ、確かに加瀬さんはその日、来ていたな。前の日に見たクイズ番組の話をしていたから、確かにその日だ」

「いつまで店にいたか、覚えていますか」

「そうだなあ。ひどく酔っていたから、長くはいなかったと思うけど……」

外が暗くなる前に出ていった気がする、ということだった。

この店に来ていたことは間違いなかったが、肝心の八時頃にはいなかったようだ。何かわかったら教えてほしいと頼むと、礼を言って店を出る。

この店にずっといたというアリバイさえ証明できれば。そう思っていたが簡単なことではなさそうだ。古沢は父の弁護活動をどう進めていくのだろう。

涼真は灯《あか》りのともったビル街を見上げると、息を吐いた。

2

思い切ってかけてみたが、電話はつながらなかった。

やはり駄目か。どこかほっとしつつ、立原はスマホをしまう。

つながったところで、今さら何を話そうというのか。かけた先は、昔、一緒に仕事をしていた元検事、本宮清成のところだ。金沢地検から異動していった後は、すっかり縁が切れていた。番号も変わってしまっているかもしれない。

加瀬が逮捕されたことは、きっとニュースで知っただろう。

本宮は今どんな思いでいるのか。

次席検事室の扉をノックして中へ入ると、安生とともに二千花がいた。

「今、黒木検事に伝えたところです。例の殺人事件を任せると」

「えっ」

「加瀬高志が今日、送られてきます。取調べ、よろしく頼みますよ」

「三席が担当じゃないんですか」

検視で臨場したのは二千花だったが、三席の代役だとばかり思っていた。

「黒木検事なら実力も十分。安心して任せられると判断したんです」

次席は二千花の方を向いた。

「大丈夫ですよね」

「はい、どうぞ任せてください」

別人のように甘い顔の安生と微笑む二千花に、一抹の不安がよぎった。

「そういうわけだから、彼女のことしっかりサポートしてやってください」

「わかりました」

書類を受け取ると検事室へ戻る。複雑な思いだ。こうして再び加瀬を取調べる日が来るとは思いもしなかった。それより気になるのは加瀬の弁護人だ。逮捕される前から一人の男が加瀬には付いていた。

古沢冨生。

嫌な思い出が駆けめぐる。二十三年前のことは一生忘れることがないだろう。

自席に着いた二千花は、よしっと言って腕まくりのポーズをする。

気合を入れたようだが、きりっとしたかどうかは微妙だ。ふんふんと、うなずきながら書類に目を通し始めた。

「検事、加瀬は今も犯行を否認しているんですか」

「はい。そうみたいですねえ」

お茶をすすりながら、のんきに答える。

濱田刑事から聞いたので、厄介な事件だとは知っている。否認事件であることに加え、証拠は乏しい。傘に残った指紋と目撃証言の二つだけだ。目撃者は犬の散歩をしていた女性。逃げていく六十歳くらいの小柄な男性を見たという。

やがて押送車が到着したという連絡が入った。

「検事、そろそろ呼んでもいいですか」

「はあい、いいです。よろしくお願いします」

大きい事件だというのに、二千花はいつもとちっとも変わらない。緊張しているのは自分の方だ。二十三年ぶりに、こうしてあいつに再び会うのだから。

しばらくして、警察官に伴われて加瀬がやって来た。

口を真一文字に結んだまま、加瀬は椅子《いす》に腰ひもを結び付けられた。目の前の検事を見て一瞬ぽかんと口を開けるが、二千花が担当する被疑者は大抵そうだ。途端になめてかかる不届き者も少なくない。

立原は録音・録画のスイッチをオンにする。こんなもの昔はなかった。あの時このカメラがあったら、加瀬の自白は任意であったことが誰の目にも明らかだったろうに。まあ、考えても詮無《せんな》きことだ。

二千花はさっそく質問を開始する。

「お名前を聞かせてください」

「加瀬高志」

「住所と本籍はどちらですか」

「石川県野々市《ののいち》市……」

加瀬は無表情のまま、答えていった。

老けたな。

それが立原の受けた第一印象だった。二十三年の時の刻みは誰にとっても平等だ。記憶の中の加瀬はまだ若さもあったが、目の前にいる男は壮年をすっ飛ばして老年と言える。頭髪がかなり後退し、肝臓が悪いのか黄ばんだ顔だ。

「あなたにかけられた容疑は、殺人と死体遺棄です。加瀬さん、あなたは午後八時頃、金沢市内の橋の上において米山さんを殺害し、遺体を川へ投げ捨てた。この事実に間違いはありませんか」

二千花は首をかしげて待っていたが、加瀬は答えなかった。

さっそく、黙秘か。慣れたものだ。

「加瀬さん、もう一度聞きます。あなたは被害者を……」

「殺していません」

加瀬は二千花の言葉を遮った。

刺すようなまなざしが二千花に送られている。きつく握りしめた拳《こぶし》が震えていた。二千花は目をぱちぱちさせたが、睨《にら》まれていることは気にしていない様子だ。

「では加瀬さん、事件のあった日の行動を教えてもらえますか」

「昼間は家で過ごした後、夕方から片町の飲み屋街に一人で繰り出しました」

黙ったのは最初だけで、加瀬は饒舌《じょうぜつ》だ。詳しい足取りについて説明していった。自宅と片町を往復しただけで、橋の方へは行っていないという。

「わかりました。では次にこれなんですけど……」

ごそごそと二千花はビニール袋を取り出す。

「この緑色の傘は加瀬さんのものに間違いないんですよね」

「はい」

「傘がどうして落ちていたのか心あたりはありますか」

加瀬はふうと息を吐いた。

「その傘は最近、なくしたものです。それを誰かが勝手に使って、川に捨てたんじゃないですか」

一応の筋は通っているが、でっち上げたものにも聞こえる。さすがの二千花も腑《ふ》に落ちないという顔だ。

「午後八時頃、あなたはどこにいましたか」

「……酔っていて、覚えてません」

殺していないとは断言できるのに、都合のいいことだ。

「すごく酔っぱらっていたんですね。じゃあ、覚えているとこだけ教えてください」

案の定、まるで疑う様子もなく二千花は訊ねた。

夕方に『ひよ吉』にいたこと、十時過ぎに自宅近くの自販機で水を買ったこと……記憶を失う前後について確認すると、二千花は書類をめくる。

「あなたと被害者の米山さんは、何の面識もないということですが」

「はい。全くの他人です」

「そうですかあ」

わかりましたと明るく言ってから、二千花は日常生活について細かく訊ねていった。

和やかすぎて段々とおじいちゃんと孫娘に見えてくる。立原の頭痛が始まったところで、ふと二千花がこちらを見た。

「事務官からは何かありますか」

「ああ、では……」

パソコンに入力する手を止めた。

立原はあえて少し間を空けて、じっと加瀬を見つめる。

「加瀬さん、私のことを覚えていますか」

「は？」

「二十三年前も、私はこうしてここに座っていました」

食い入るように立原の顔を見ていたかと思うと、加瀬は急に青ざめた。

見た目はずいぶん変わったが、特殊な精神状態の中、長時間顔を突き合わせていたのだ。

この反応、やはり覚えていたか。

しばらく驚愕《きょうがく》していたが、加瀬は立原の方へ体を近づけると、ささやくように言った。

「俺はやっていない。昔も今も、だ」

「……そうですか」

睨みつけると、加瀬も負けじと睨み返してくる。

今回の事件についてはまだ何とも言えないが、少なくとも二十三年前、こいつは確実に罪を犯していた。

「お二人さん、いつまで見つめ合っているんですかあ」

二千花の声に立原は我に返る。

「加瀬さん。やっていないかどうかは、今、調べているところですよ」

子どもをたしなめるような口調に、加瀬は口をひん曲げた。

「これから十日、おそらく勾留《こうりゅう》期間延長も含めた二十日、取調べていくことになりますのでよろしくお願いします」

二千花が終わりを告げると、加瀬は再び立原の方を向いた。

何か言いたそうだったが無言のまま背を向ける。警察官に連れられて帰って行くのを、立原は見つめていた。

「大丈夫ですか、立原さん」

「あ、はい」

止まっていた時が動き出す。二千花に心配されるなんて、自分らしくない。

「驚きました。二十三年の時を越えての再会なんて何だかドラマチックで、どきどきしましたよ」

「はあ。こんな再会、ない方がいいんですが」

二千花はなぜか興奮している。昔の事件のことを聞かせてほしいというので、立原は長々と説明していった。

「あの時、彼が自白する場に立ち会いました。加瀬高志。あれは絶対にやっている。今でもそう思います」

「だけど不起訴になった……ということですね」

二千花はどこか遠くを見つめている。

「あいつは再び人を殺してやってきた。今度こそ逃がしたくありません」

「やっていないと言っていますが」

「検事、素直に何でも信じては駄目ですよ」

「わかってます」

頬をふくらませる二千花に感情的になるな、と言える立場ではなくなっている。外の空気を吸うと、再び検事室へ戻った。

気を取り直して、次は参考人の聴取だ。

年配の女性が姿を見せる。殺害された米山の妻だ。

「お辛《つら》いとは思いますが、ご主人のことで少しお伺いしてもよろしいでしょうか」

米山の妻は力なく、はいと答えた。

「事件のあった日のご主人の行動について教えてくださいますか」

「はい。主人は人と会う約束があると夕方に出て行って、そのまま帰らなかったんです」

誰と会ったのかはわからない、ということだ。

「ただ主人は言っていました。その人が犯した罪について最近知ったって」

「罪？　何ですかそれは」

立原が興奮気味に問いかけると、米山の妻はゆっくり首を横に振った。

「詳しいことはわかりません」

加瀬は過去に強盗殺人の容疑で逮捕されている。罪とはそのことか。加瀬は米山のことを全くの他人だと言ったが、本当は知りあいだったのかもしれない。

「検事さん、主人を殺したのは加瀬って男なんですよね」

米山の妻は涙目だった。

「まだわかりません」

「どういうことですか？　犯人だから捕まえたんでしょ」

「判決が出るまでは被疑者は犯人とは扱われません」

「ふうん、いまいち納得いかないわ。検事さん自身は、加瀬が犯人だと思っているの？」

「それは……申し訳ありませんが、まだ取調べ中ですので」

二千花が濁すように言うと、米山の妻は唇を噛《か》みしめた。

もうしばらく話を聞いて、聴取は終わった。

二千花が言ったとおり、加瀬はまだ犯人と決まったわけではない。だが、本音のところは彼女がどう考えているのか気になった。事件の当事者に言うわけにはいかないが、一緒に組んで取調べている立原には話してもいいことだろう。

問いかけようとして二千花の方を向くと、鞄《かばん》を持って出かける準備をしていた。

「どこか行くんですか」

「目撃証人のところです。警察に任せきりじゃなく、ちゃんと自分の目と耳で確かめないと。思い立ったが吉日です」

一緒に来てくださいね、と言われて慌てて支度をする。

やれやれと思うが、振り回されるのには少し慣れてきた。ハンドルを握りつつ助手席に座る二千花の横顔を、ちらりを見る。

彼女への見方は少し変わりつつある。単なる甘ちゃんの検事ではない。だから多少、おかしな行動があっても文句を言わずに少し様子を見た方がいい。

やがて車は一軒家の前で止まった。

「大きな家ですね」

「すごい。お庭がよく手入れされていて、ピーターラビットの絵本の中みたい」

二千花は庭の草花を目にしては歓声を上げて、いちいち立ち止まる。さっさとチャイムを鳴らすと、家人が招き入れてくれた。

「連絡いただいた検事さんたちですね。どうぞ」

眼鏡をかけた年配の女性は、北島波津子《きたじまはつこ》という名前だそうだ。

「はい、検事さん」

立原の前に紅茶が置かれる。

「お嬢ちゃんもどうぞ。検事さんのお手伝い、大変ね」

「わあ、いい香り。ありがとうございます」

二千花が何も訂正しないので、誤解を解くタイミングを逃したまま話が始まった。

「犯人らしき男を目撃されたときのことなんですけど、教えていただけますか」

「ええ。あれは、この子の散歩をしていたときでした」

フレンチブルドッグが足元から見上げている。縞々《しましま》の服を着せられて、得意げに笑っているような顔だ。

「夜の八時くらいだったわ」

被害者が死亡したと予想される時刻は、午後八時前後くらいとされている。ある程度の幅はあるが、前後にそう大きくくずれはしないだろう。

「刃物のようなものを持った男がいたのよ」

まさか事件があったとは思わず、翌日のニュースで驚いて通報したらしい。

「走って逃げていったの」

二千花は地図を広げて位置を確認し、ペンで印をつけていく。

「北島さんが目撃した人の特徴はどんなでしたか」

「ああ、特徴ね。男の人にしては小柄だと思うわ」

「年齢は？」

「たぶん六十前後じゃないかしら。服装は暗くてよくわからなかったけど」

聞きながら二千花はイラストを描《か》いていく。無駄に上手《うま》い。おかしなところに感心している場合ではないが、特徴は加瀬と一致している。

「この中にいますか」

用意してきた写真を並べる。

「この人ね」

北島は迷わず加瀬を指さした。

「お嬢ちゃんの方が検事みたいだわ。目指してみたら？」

二千花が笑ってごまかすので、立原も苦笑いして証人宅を後にした。

事件現場へ向かい、聞いてきた目撃証言をもとに位置を確認する。ちょうど七時。日が落ちて薄暗いが、街灯があるおかげで顔や刃物の判別はつくだろう。

ようやく検察庁に戻る。

目撃情報と傘。加瀬が怪しいのは間違いない。だがこれだけで本当に起訴できるか……立原にはわからなかった。

3

雨の日、涼真は罵声《ばせい》を浴びせられていた。

すみませんと謝るしかない。殺人容疑をかけられた父の弁護をするために、別の弁護士に代わってもらった離婚調停のことだ。代わりの弁護士への引き継ぎが不十分で、思った通りの結果が得られなかったらしい。

身内のことを優先して職務をおろそかにするなんて弁護士失格だとわかっている。罪悪感を抱えたまま事務所を飛び出し、新幹線に乗った。

父を救うには今しかないのだ。

人の記憶は時間と比例して曖昧になっていく。現状、父に有利な証拠は何一つなく、やはりアリバイを証明するしかない。片町から現場までは、ある程度距離がある。アリバイさえ見つけ出せれば救えるのだ。

金沢駅に着くと片町へ向かう。涼真は傘を差し、父が行きそうな飲み屋をしらみつぶしに当たっていった。

「この人を知りませんか」

「いや、わからんね」

何軒も聞いて回っていくが、かすりもしない。

ため息をついたとき、後ろから声をかけられた。

「加瀬先生」

聞き覚えのある声に振り返る。そこにいたのは古沢法律事務所の事務員、前村紗季だった。驚きすぎて声が出なかった。

「今、加瀬先生が金沢に来ているってあったから、もしかしてと思っていたんです」

そう言えば、新幹線の中で紗季にＬＩＮＥを送った。

「立ちいったことかもしれませんけど……実は加瀬先生のお父さんのこと、古沢先生から聞いて知っているんです」

そうか。古沢の事務所で働いているのなら、ありうることだ。紗季の目には自分と父はどう映っているのだろう。

「ここにいるってことは、お父さんのアリバイを探しているんでしょう?」

「……そうです」

「やっぱり。私も実はそうなんです。古沢先生は夏バテなのか体調がすぐれないみたいで、代わりに私がここへ」

紗季は微笑んだ後、真剣な顔をした。

「お父さんのこと、大変ですね。私も力になれることがあったら何でも言ってください」

どうやら紗季は父の無実を信じてくれているようだ。

「古沢先生に任せているとはいえ、じっとなんかしていられないですよね。きっといろいろと探し回っているって思ってました。よかったら一緒に探しましょ」

正直、一人で途方に暮れていたところだった。古沢に協力を断られたので、個人的に動いていることを知られるのは嫌だが、紗季と一緒に探せるのなら精神的にもかなり助かる。

「ありがとう。よろしく頼みます」

これまで調べた情報を共有し、地図と店のリストを渡した。

もう少し頑張ろう。そう思い、手分けして訪ね回る。

たい焼き……か。グラスを割ったというのも周囲の記憶に残りやすいだろう。

特定できそうな情報があるのに、どうしてわからないのか。片町にある居酒屋のリストはほとんど調べつくしたが、まだ見つからない。

「少しお聞きしたいんですが」

リストにないカフェやこじゃれたバーにも入り、涼真は事情を説明した。

「知らないねえ」

ここも駄目か。隣の店もその隣の店も……。しらみつぶしに聞いていくがまったく当たらない。落胆した表情の紗季と合流した。

「こっちも駄目だった」

すぐに結果が出るものではないと、弁護士だから十分わかっているはずなのに。身内のこととなると、気が気じゃなくなってくる。

「また明日、一緒に探しましょう。きっと何か見つかりますよ」

紗季に励まされて、その場で別れた。

雨は小やみになっている。

そう思ったとき、スマホに着信があった。見覚えのある番号が表示されている。

「はい。もしもし」

「あの人のニュース見たわ」

沈んだ声だった。母の千草だ。

「涼真は大丈夫なの？」

今、金沢だと伝えると、会いたいと言うのでこれから会うことになった。離婚してから母と父はずっとつながりがないようだが、逮捕されたとなればさすがに心配くらいはするだろう。


喫茶店に向かうと、ちょうど母も来たところだった。

「久しぶりね、本当に立派になって」

母は涼真を見上げて背中を軽くさすった。

席に着くと、適当に飲み物を注文する。

「こんなことになるなんて。もう本当に信じられない」

「母さんの方は大丈夫なのか」

「ええ、こっちはね。主人はあの人のことを知っているけど、子どもも親戚《しんせき》もみんな知らないから」

母はため息をつく。

「あの人には会ったんでしょ。なんて言ってるの？」

「父さんは殺していないって」

「は？　相変わらずなのね。周りの気も知らないで」

目を伏せると、母は紅茶をすすった。

「俺は父さんのことを信じているよ」

「泣かせるわ。涼真は昔からそうだったわね。あの人のことを信じ切って。こんなにいい息子、あの男にはもったいないわよ」

「たった一人の家族の俺が味方にならないで、どうするんだよ」

母の眉間《みけん》にしわが寄った。

「私はね、昔の事件だって本当は怪しいと思っている。やってないって言うなら、どうして殺人容疑で何度も逮捕されるのよ」

「そんなこと、言うなって」

怒鳴ったわけではなかったが、とがった言葉に母は口を閉ざした。気まずい間が空いて、母はさめざめと泣き始めた。

「私は離婚したからましだけど、涼真のことが心配で」

「……俺のことはいいよ」

「せっかく弁護士になったのに、またしてもあの人に人生を邪魔されることになるなんて。ごめんね、私が涼真を引き取ればよかった」

「母さんは幸せに暮らしているんだろ。それでいいじゃないか」

ティッシュを取り出して鼻をかむと母は言った。

「涼真が何を信じようといいわ。だけど、もう小さい子どもじゃない。現実にも目を向けて、自分の人生も大切にしてほしいのよ」

涼真は黙り込んだ。

「あの人に巻き込まれすぎないように。ほどほどにね」

「ああ、わかったよ」

言葉と思いは、ばらばらだった。言葉少なにコーヒーを飲み干すと、母とは別れた。

父がやったと決めつけている母の態度は、かなりこたえた。

どうしてかはわかっている。自分の中にも父を疑う気持ちがあるからだ。父を信じる気持ちと常にせめぎ合っていて、少しでも気を抜くと飲み込まれそうになる。昔のように何もわからない子どもだったら、純粋に父のことを強く信じてやれたのに。

どうにかして父の無実となる証拠を早くつかみたい。そう思っていると、額に大粒の雨が当たった。

空を見上げる。

小やみになっていた雨がまた強くなり、涼真は傘を差した。


アパートを出ると、待ち合わせ場所に向かった。

――おはよう。今日も一緒に頑張りましょうね。

紗季からのＬＩＮＥを見返して、涼真は微笑んだ。いつの間にか彼女とすっかり打ち解けている。それを単純に喜べない状況なのがもったいない。

片町で飲んでいたとしたら、犯行は不可能。アリバイさえ見つけ出せば一発逆転だ。そう思い、アリバイ証人を必死に探している。

勾留期限は刻一刻と迫る。起訴されてしまえば九十九パーセント以上、有罪になる。

紗季と一緒に探し回り、脚が棒のようになったとき、ふと思い出した。

「たい焼きが食べられる店って、他にはないでしょうか」

「え？　たい焼き屋さん、もう何軒か聞いてみたんでしょ」

「うん。だけど、まだ他に聞いていない店があるかも」

「そうねえ」

二人でしばらく考えこむ。横の店で買ったタピオカドリンクを差し出すと紗季は喜んだ。

「このタピオカ、もちもちね。台湾《タイワン》で飲んだのを思い出すわ」

紗季は海外旅行が趣味で、あちこち行っているそうだ。

「そういえば私、韓国でたい焼き食べたことがある気がする」

スマホをいじって写真を示す。

「ほら、これ。プンオパン。韓国の冬の定番スイーツなんだって」

ハングル文字の屋台の前で、紗季が何かをかじっている。

食い入るように写真を見ると、日本のたい焼きとよく似ている。慌てて韓国料理の店を検索した。

「片町に何軒かある。この中に、たい焼きを売っている店があるかもしれない」

父が韓国料理屋へ行くとは思わず、今まで調べてはいなかった。順番に当たり、最後に向かったのは、韓国屋台『ヨンダル』という店だった。

「涼真先生。これ、見てみて」

紗季が表に貼《は》られたメニューを指さした。たい焼きに似たスイーツの写真がある。二人で顔を見合わせると笑顔でうなずいた。これはいけるかもしれない。

「あの、すみません」

声をかけると店の人が出てきた。名刺を渡して弁護士だと名乗る。

「この人に見覚えありませんか」

父の写真を手渡すと、主人は顔を近づけた。涼真はカレンダーを示す。

「この日の夜、この店に来ていたかもしれないんです」

しばらく首をかしげていたが、主人はふと顔を上げた。

「思い出した。グラスを割ったお客さんだ」

涼真は大きく目を開けた。

「本当ですか」

「ああ、そうだ。グラスを割っちゃって。怪我《けが》はなかったけど、ひどく酔っぱらっていたから、無事に帰れたか心配してたんだ」

残念ながら、割れたグラスはすでに処分したそうだ。

「時間は……この客が店にいた時間はわかりますか」

「ううん、いつだったかなあ」

何人も客がいるのだ。日にちも経《た》っているし、はっきりとした時間までは覚えていないかもしれない。紗季も心配そうに見守っている。

「ちょっと待ってくれ。多少のことならわかるかもしれん」

主人は店のレシートの控えを調べ始めた。

「その夜、一番早く帰った人で午後九時二分だ」

「ほんとですか、見せてください」

涼真と紗季は飛びついた。

見ると、そこには印刷された文字が入っている。一番早くて九時過ぎ。死亡推定時刻は八時前後だから犯行は不可能だ。

「あなたに証人になってもらいたいんですが」

「うん、そういう事情なら、わかったよ」

店の主人は藤井《ふじい》浩尚《ひろなお》という名前らしい。父が一緒に飲んでいた客についてはわからなかったが、ようやく収穫が得られたことに胸は高鳴る。

証人になってもらう約束をとりつけ、外へ出る。

「よかったわね。これでいけるわよ」

微笑む紗季に涼真はうなずく。

見つけたよ、父さん。

涼真は空を見上げながら、拳を握りしめた。

4

金沢地裁の法廷で、公判が行われている。

立原は傍聴席から、検事席の二千花を見ていた。

「よって被告人を懲役五年に処するを相当であると思料いたします」

横を見ると、見覚えのある顔があった。

「あれ」

「よう、あんたも来ていたか」

傍聴席に座っていたのはベテラン刑事、濱田俊哉だった。彼は、この事件の証人として呼ばれていた。

法廷から出ると、少し話す。

濱田は二千花に頼まれて、加瀬の事件について調べていたらしい。

「調べていて、気になることがあった」

「何だ？」

「加瀬の自転車がなくなっていた」

「自転車？」

「ああ。自宅前の駐輪場に加瀬の自転車があったそうなんだが、いつの間にか消えていたらしい。同じアパートの住人によると、事件の日の直前までは確かにあったというんだ。自転車には名前が書いてあったたし、加瀬が乗っているのを見たこともあるから間違いないそうだ」

立原は黙って濱田の顔を見た。

加瀬の自転車が消えていた。それだけでは事件と直接関係があるかどうかはわからないが、消えた時期がどうも気になる。

「濱田さん、自転車のことは聞いたんだろ。加瀬は何て言っているんだ？」

「なくなったことは知らなかった。その一点張りだ」

「そうか……」

濱田はそれから、取り調べの状況について詳しく教えてくれた。

「立原さん。あの黒木検事ってのは、ああ見えてなかなかやるようだな」

まあ、そうかもしれん、と立原は返した。

「加瀬の取調べ、どうなっている？」

濱田は聞いてきた。

「あの時、俺があいつを殴ったりしなければ、起訴できていたのにな。強盗殺人罪で服役することになって、今もきっと娑婆《しゃば》には出てきていない。今回の事件だって起こらなかったはずだ」

濱田の言いたいことは、よくわかった。

「加瀬を起訴するか、不起訴か……どうなんだ、立原さん」

「俺の感触では五分五分だな」

二千花は基本的に起訴には慎重だ。初めはそれに不満をもっていたが、バランス感覚が優れているからだと今は思っている。

「本心では加瀬を起訴してほしいと思っている。だが、状況証拠のみで行けるかどうかは微妙なところだ」

素直に答えると、舌打ちが返ってきた。

「起訴できないなら、別の検事に代われ。あの人殺しをまた野に放つ気か」

立原は長い息を吐き出す。

「濱田さん、あんたの気持ちはよくわかる。俺だって今でも悔しいんだ」

そうだよな、と濱田はうなずく。

「ただ昔の事件については、本人が罪を認めるか、よほどの新証拠がない限り再起訴はできない」

「わかってる。だから今だ」

濱田の視線がきつくなった。

「今しかないんだ」

繰り返しつぶやくと、濱田は去っていった。

そのまま立ち尽くしていると、傍聴人たちが帰っていくのが見えた。その中の一人に目が留まる。あの大柄な男、どこかで見たことがあるような……気のせいだろうか。

　法廷を出ると二千花がやってきた。

「黒木検事、お疲れ様でした」

「ああ、立原さん。お疲れ様です」

「それと検事」

　立原は耳打ちするように、濱田から聞いたことを話した。

「そうですか。自転車がそのタイミングで……」

「事件と関係あるでしょうか」

　二千花は少し考えてから、ゆっくりうなずく。

「私はそう思います。例えばですけど指紋や血がついているとか、都合の悪いことがあるから処分したのかもしれません」

「確かに、ありえますね」

「濱田刑事には自転車の行方について、徹底的に調べてもらうようお願いしてください」

「わかりました」

　心なしか二千花もこの事件に入れ込んでいるようだ。そうだ。またしても加瀬を取り逃がすわけにはいかない。すぐに濱田に連絡すると、スマホをしまった。

「では帰りますか」

「はあい。途中でおやつ買ってもいいですか」

自分にご褒美スイーツです、と二千花はうきうきしている。そう言いつつも立原も甘いものが食べたい気がした。

いいですね、と言いかけて我に返る。

だんだんと二千花のペースに巻き込まれている気がする。まあ、たまにはいいか。そう思ったとき、スマホが鳴った。仲間の事務官からだ。

「立原です」

「今、黒木検事はどこですか。携帯鳴らしても出ないんです」

「ああ、一緒にいますよ。公判が終わって、検察庁に戻るところです」

二千花は着信に気づかなかったのだろう。きょとんとこちらを見ている。

「実は加瀬高志の弁護人が来ているんです。話があると」

「えっ」

古沢冨生……。嫌な記憶がよみがえる。あの老獪《ろうかい》な男は、昔も突然やってきたのだった。

「すぐに戻るので、待っていてもらってもいいですか」

通話を切ると、二千花の方を向く。

「検事、急いで戻りましょう」

「はい？」

説明すると、二千花の顔は曇った。

「ええと、じゃあスイーツは」

「そんなもの後で買ってきてあげます。とにかく急ぎましょう」

検察庁への帰り道、古沢という男がいかに狡猾《こうかつ》な手を使ってくるかを語った。二千花は相変わらず危機感のない表情なので、余計にやきもきしてくる。まあいい。会ってみればわかるはずだ。古沢が再び立ちふさがるというなら、今度こそ打ち破ってやる。

応接室の扉を開けると、観葉植物の横に青年が立っていた。ブラインドの隙間《すきま》から窓の外を眺めている。

予想していた古沢の姿はない。臨戦態勢だったので少し拍子抜けする。

青年はこちらに気づくとゆっくり振り返った。

細身の長身に小さな顔がのっている。

「すみません。いきなり押しかけて。加瀬高志の弁護士です」

どういうことだ。古沢ではなかったのか。

「古沢は急病で、私に交代したんです」

そうだったのか。古沢ももう年だし、いろいろ悪いのだろう。

「お待たせして、こちらこそ申し訳なかったです。ご用件は？」

二千花は、にっこり微笑む。

弁護士に名刺を渡され、立原は唾《つば》を飲み込んだ。

加瀬涼真。

記憶が一瞬でよみがえる。それは加瀬の息子の名前だ。襟元にはバッジが光っている。お父さんはやっていないと、泣いて暴れていた幼い男の子……あの子が弁護士になったのか。精悍《せいかん》な顔立ちはまぶしさすら感じさせる。

「あれ、苗字《みょうじ》が一緒。もしかして身内の方だったりしますか」

「はい。僕は被疑者の息子です」

「すごい。息子さんがお父さんの弁護をするなんて、そんなことできるんですねえ」

感心したように二千花が言うと、涼真は顔を引きしめた。

「加瀬高志を釈放してください」

単刀直入な物言いだ。

ただ威圧的ではない。かつての古沢のように、いかにも胸に何かを秘めているという感じでもない。いやになるほど率直な訴えだった。

二千花は首をかしげる。

「それは無理な話ですけど……あなたが釈放を求める理由は何ですか」

「被疑者は犯人ではないからです」

誠実なまなざしだった。二千花はそれを黙って受け止めると、涼真を見つめ返す。

しばらく沈黙が流れた。放《ほう》っておくと、二千花はいつまで経っても平然と口を閉ざしているだろう。先に根負けしたのは涼真だった。

「起訴しても、困るのは検察側だと思いますよ」

「どうしてですか」

「被疑者にアリバイがあるからです」

「……アリバイ？」

「午後八時前後、加瀬は片町にある韓国屋台の店にいました。店の主人が証言しています。現場での犯行は不可能です」

立原はゆっくりと二千花の方を向く。加瀬を起訴するかどうか、二千花の考えはまだわからない。涼真の言うアリバイについては真偽を確かめてみる必要があるが、こうして乗りこんでくる以上、かなりの自信があるのだろう。

「正義が行われることを信じています」

言い残して、涼真は去っていった。

二千花は何も言うことなく、その場に立ち尽くしている。

「検事」

「ああ、はい」

振り返った二千花は、同情するかのような表情だ。

「身内が裁くのは禁止されているけど、身内が弁護するのはオッケーなのは少し変な気がしますね。身内、といってもいろいろあるんでしょうけど。加瀬さんの息子さん、お父さんのために一生懸命でしたね」

「……そうですが」

立原はつぶやくように言った。何も知らずに父を信じていた幼い頃とは違うのだ。敵に同情してどうする。もっと気にすることがあるだろう。

急遽《きゆうきよ》もたらされた加瀬のアリバイ。それが事実であるなら、またしてもすべてがひっくり返る。殺人の容疑で逮捕されては、起訴を免れる。そんなことを繰り返すこと自体、おかしいのではないか。


翌週、金沢地裁の法廷で判決が読み上げられた。

「主文。被告人を懲役五年に処する」

裁判長の言葉に、証言台の男は頭を下げた。

検事席の二千花は、ふうと息を吐き出している。事件後、被告人は自暴自棄になっていて、取調べ中も死刑でいいと荒れていた。今、こうして大人しく判決を聞いている姿に、被告人の両親は涙ぐんでいた。

通常、判決は八掛けといわれるように、検察官の求刑より少し軽くなることが多い。今回は求刑と同じ量刑だったわけで、十分な結果だろう。

法廷を出ると、大柄な男が隠れるようにしてそそくさと階段を下っていくのが見えた。確か前の公判のときもいた。立原は少し気になって追いかけた。後ろから横顔をとらえる。

え、まさか。

大柄な老人もこちらに気づいて振り向く。七十を過ぎたその険しい顔には深くしわが寄っていたが、まなざしはあの頃と同じだった。

「本宮……さんですか」

「立原くん、か」

傍聴していた理由はわからないが、老人は二十三年ぶりに会う本宮だった。

言葉を失《な》くしたまま、しばらくお互いを見つめ合う。

少し前、電話をかけたがつながらなかった。もう二度と会うことはないのだと思っていたのに、こんなところで再会するなんて……。加瀬やその息子とも再会したばかりだ。止まっていた歯車が再び動き出すように、次々と出会いが訪れることを不思議に思う。

「元気そうだな」

「ええ」

まだ若くて未熟だった頃しか、この人は知らない。本宮の目に、今の自分はどう映っているだろう。

「時間はあるか？　少し話そうか」

穏やかな表情で本宮は言った。

「はい」

先に戻っていてください、と二千花にメールを送り、二人で近くの喫茶店に入る。今までどうしていたかと本宮に聞く。自分はずっと金沢地検で変わらず事務官をしていたと話す。本宮は、定年まで検事を務めていて、今は金沢で弁護士をしていると語った。

「本宮さんが金沢に戻ってこられたとは知りませんでした」

「生まれ故郷だからな。近くにいるのに連絡もせず、悪かったな」

「いえ」

あんな別れ方をしたのだ。ずっと音信不通だったのだし、会いたくなかったのだろう。

「本宮さん、加瀬のことを覚えていますか」

「ああ」

「加瀬が再び殺人の容疑で送られてきました」

やはり本宮に驚く様子はない。すでにニュースで見て知っているのだろう。

「実は今、加瀬の取調べに関《かか》わっているんです」

そこで本宮は顔を上げた。立原はうなずく。

「何の因果か、またあいつと顔を突き合わせているんですよ。二十三年前と同じように」

「……そうか」

注文した品が運ばれてきたので話を中断した。本宮は湯気の立つコーヒーをすする。

「立原くんは猫舌だったな」

口元を緩め、本宮は優しい目をした。

「あの時、私が加瀬を起訴できていたら、この事件はなかったかもしれん」

その言葉に立原はたまらず口を開いた。

「すみませんでした」

頭を下げる。

「本宮さん……あなたを責めたことを、ずっと後悔していました。あの時は、ああする他なかったんですよね。本宮さんは身を切る思いで不起訴にしたというのに。何もわかっていなかったんです」

「いや、私の力不足だった。立原くんが私に失望したのも当然のことだ」

唇を噛みしめて、立原は首を横に振る。誰よりも本宮が辛かっただろうに、責めるなんて馬鹿なことをしてしまったと悔いている。

「起訴したくても不起訴にせざるを得ない。そんなことは、まああることなのにな。あの時はかなりこたえた。自信を失ったというか信念が崩れたというか。あの出来事は、私の人生を変えてしまった。私生活の方もうまくいかなくなってね。離婚したんだよ」

本宮の顔のしわを、ただ黙って見ていた。自分にとってもあの事件は大きかった。あれがきっかけで、検事を目指すのをやめたのだ。

冷めたコーヒーにやっと口をつける。会話が途切れたまま、しばらく外の景色を眺めていた。

「そういえば、どうして傍聴なんかに？」

ああ、と本宮は笑った。

「私は親ばかだからな」

「え？　どういう意味ですか」

言っていることがさっぱりわからず、立原は本宮の顔を見つめる。

「知らなかったか？　黒木二千花は私の娘だ」

まさか……。言葉がなかった。

「たまにこっそり見に来てるのさ。驚いたよ。立原くんが二千花の検察事務官だとは……縁っていうのは、本当に不思議なもんだ。まあ金沢に赴任した時点で、可能性はあるとは思ったが」

あの、ゆるふわな二千花と本宮が父娘だとは。目の前の顔をじっと見るが、二千花には似ていない。

「立原くん。今日、私に会ったことは、二千花に黙っていてくれるかな」

「ええ、もちろんです」

「たまに娘とは会っているんだが、仕事のことはお互い話さないようにしているんだ。公判をこっそり見に来ているなんて知ったら怒るだろう」

この春から行動を共にしてきて、二千花のことは随分わかってきたつもりだ。ああ見えて抜け目がないのは父親譲りだろうか。本宮が傍聴に来ていることも、とっくに気づかれているのでは。そう思ったが何も言わずにおいた。

「娘を頼んだよ」

「はい。それじゃあ」

また会おうと約束をし、店を出たところで本宮と別れた。

甘い香りがする紙袋を手に、急いで検察庁に戻った。

サボテンの向こう側で書類を読みふけっていた二千花は顔を上げる。

「おかえりなさい」

「遅くなってすみませんでした」

どうぞ、と紙袋を渡す。突然別行動をしたことへの詫《わ》びのつもりだったが、大喜びされて悪い気はしなかった。たまにはうちの娘にも買っていってやるか。そんなことさえ思うくらいだった。

「立原さん、何ですかあ？　人の顔をじっと見て」

シュークリームを頰張りながら、二千花はきょとんとする。昔、本宮に写真を見せてもらったことがあった。男の子のような歯抜けの子。あれが二千花だったとは。父と同じ検事になるなんて、どんな理由があったのだろう。

「さてと検事、今日も、もうひと頑張りしますか」

「私は頑張りませんよ」

相変わらずの返事を聞き流し、仕事を再開する。しばらく黙々と机に向かった。

電話が鳴る。

「もしもし」

「黒木検事はいらっしゃいますか。次席がお呼びです」

そろそろ来ると思っていた。きっと、加瀬の件で話があるのだ。すぐに行きますと答えて、立原は二千花とともに次席検事室へ向かった。

「失礼します」

部屋には次席検事の安生がいた。

「さてと、わかってると思いますが加瀬の件です」

安生は二千花の方を見る。

「どうします？　黒木検事。起訴するかどうか、もう決めましたか」

あれから涼真の言っていたアリバイについて確認した。確かに弁護側が主張する通りなのかもしれないが、それだけで無罪にできるほど強いものとは思えない。とはいえ検察側の持つ証拠も、目撃証言と傘のみ。決して強くはない。現状では起訴したところで有罪にできる可能性は半分もないのではないか。立原も二千花の顔を窺《うかが》う。

二千花は微笑むとうなずいた。

「弁護側のアリバイ証人にも会ってお話を聞きましたが、おかしいと感じる部分があります。そこを公判で突き崩せば、検察側に有利になると思うんです」

韓国屋台の店を中心に周辺の防犯カメラも調べたが、加瀬らしき人物は映っていない。

「それと自転車のこともあります」

二千花は加瀬の自転車が消えた事実について指摘した。

「なくなったことを知らないだなんて、加瀬は嘘をついているとしか思えません。ちょうど事件の日を境になくなっているのも不自然です。捜査上、自分に不利になるようなことがあるため処分した。そう考えるのが妥当でしょう。私は加瀬高志が犯人であると判断します」

　次席は大きくうなずくと、微笑んだ。

「じゃあ、加瀬を有罪にできますか」

　二千花は首をかしげて答えた。

「わかりません」

　その答えに、安生はがっくりするポーズをした。おいおい。勝てるかわからないのに起訴するのか。

「後は裁判所にお任せします。検察としては起訴すべきです」

「そうは言ってもねえ」

　二千花に甘い安生も、さすがに渋い顔だ。

　このままでは、あの時と同じになってしまう。頭には本宮のことがあった。

「あの、私が口を出すことではありませんが……」

　思い切って立原は言葉を発する。

「私も加瀬を起訴すべきだと思います」

　安生は驚いた顔だった。

　完全に越権行為だな。

だが加瀬を何度も取り逃がしてたまるかという気持ちしかない。

「起訴します」

凛《りん》とした声が響き渡った。

立原は黙って二千花を見つめる。その横顔はどこか寂しささえ感じる。安生もしばらく口を閉ざしていたが、やがて小さく、わかりましたと答えた。

二千花は一礼して、次席検事室を出ていく。

「検事」

振り返った二千花は、いつもの穏やかな笑みを浮かべている。

「何ですか」

「いえ、何でもありません」

立原は飲み込むと、二千花の後について歩いた。

第四章　女神の法廷

1

朝起きると、立原は大きなあくびをした。

カーテンを開ける。庭の木々がいつの間にか色づいている。今年もすっかり秋になった。

寝室を出て階段を降りると、鏡の前で千尋が髪を束ねていた。

おはよう、の挨拶《あいさつ》に返事はなかった。

聞こえませんとでも言いたげに、千尋はドアを開けて出ていく。やれやれ。反抗期というのは面倒なものだ。立原は気にしないふりをして新聞を広げた。

「もう。あなたもいい加減、意地を張るのやめたら？」

横で見ていた妻が、ため息をついた。

「意地なんか張っていない」

「張ってるでしょう。千尋もあなたも」

昨日の夜、またくだらないことで千尋とけんかになった。洗濯機に千尋のと一緒に父の洗濯物を入れるなかれという立原家の法を犯したからだ。そもそも日頃《ひごろ》、そんな差別的な法を順守していることに感謝してもらいたい。

「なあ。わざと洗濯物を入れたわけじゃないし、俺《おれ》はそんなに悪いことしたか？　あいつ、まだ怒っているみたいだな」

真面目《まじめ》に問いかけると、妻は苦笑いした。

妻は目玉焼きを皿にのせた。

「そういうわけじゃないわ。自分でも、くだらないことで強く言い過ぎたって本当はわかっているのよ。でも引っ込みがつかないっていうか。そういう心理、わからない？」

そんなものだろうか。はっきり言って女子の心理はよくわからない。

「まあ、あなたの方が大人なんだから、折れてあげてもいいんじゃないの？　手を差し伸べてみることから、すべては始まるのかもしれないわよ」

黙ったまま新聞を閉じると、立原は朝飯を食べ始めた。

「こないだまで、あんなに仲良しだったのに。さみしいものね」

「……だな」

「このまま千尋がお嫁に行くまで無視されることになってもいいの？」

「わかった。わかったよ」

立原は茶碗《ちゃわん》を荒っぽく置いた。

「俺の方から謝ってみる」

「ありがと。いいお父さんね」

妻が勝ち誇ったように、ぱちぱちと手を叩《たた》く。最近、女には振り回されてばかりだ。

「けんかしたまま千尋が車にひかれて、今生の別れになったらしゃれにならんからな」

「あなたって本当、一言多いわ」

妻が睨《にら》むのを見ないふりして朝ご飯を食べ終わると、立原は行ってくると言って自宅を後にした。

外の風はすっかり冷たい。

季節が巡るのはあっという間だ。

いつもと変わらない日常を経て、立原は検察庁に着いた。

「おはようございます」

今日も二千花とともに被疑者の取調べだ。

最近よく思う。よく頑張っているなと。

初めて会った頃は、職業意識の低い現代っ子だとばかり思っていた。しかし日々一緒に働くうちに、それは眼鏡違いだったことに気づいた。

二千花は起訴、不起訴の判断は基本的に慎重だ。だがそれは消極的な理由ではなく、不起訴にすることが被疑者のためになるという熟慮の上の判断だ。それは父である本宮と何ら変わらない姿勢でもある。

加瀬の事件から五か月が経過した。すでに公判前整理手続きも終わり、公判期日も決まった。

午後に入り、立原は二千花とともに城南署に向かう。

「黒木検事、何を調べるんですか」

「ほら。米山さんが殺されているという通報の前に、もう一つ通報があったって。そのことについて調べるんです」

「いたずらだったかもしれないという、あの通報のことですね」

確かにおかしなことではある。だが加瀬を有罪にする証拠を得るために、この調査が必要だとはあまり思えない。

城南署に着くと、担当の職員に会った。

「あの通報について、詳しく教えていただきたいんです」

説明すると、若い職員は首をひねりつつ録音記録を探してくれた。

「この通報を受けたのは夜の九時五十五分です。公衆電話からでした」

再生され、やがて声が聞こえてくる。雑音が大きいが、くぐもった男の声だ。

人が死んでいる。そう声は言った。

通報者が告げたのは米山の遺体があった場所にかかる橋ではない。そこから一キロほど上流にある橋だ。

担当者は通報者の名前を訊《たず》ねたが、返事がないまま通話は切れた。濱田刑事から聞いていた情報内容と大差ない。

若い職員が口を開いた。

「見に行っても遺体は見つからず、いたずらではないか、という話をしていたんです」

翌朝の通報で、米山の遺体は発見された。

「あれがいたずらではなかったとしたら……もしかすると初めの通報者が見たのは米山さんの遺体だったのかもしれません。発見場所の橋の名前を間違えていたってことも考えられますよ」

二千花の言葉に立原はうなずく。いたずらにしては、場所も時間も近すぎる。橋の名前を間違えていただけという可能性は十分あるだろう。

「上流にあった遺体が、下流に運ばれたり流されたりしたことも考えられますが、上流で血痕《けっこん》は見つかっていない。刃物を持った男が下流で目撃されていますし、可能性はほぼないかと思います」

立原は二千花の方を向く。

これまで聞いた話と特に変わりはなかったのに、二千花は真剣な顔で何かを考えている。

「検事」

声をかけると、ようやく視線が合った。

「立原さん。あの、今から現場の方も見に行ってもいいですか」

「……わかりました」

　職員に礼を言うと、その足で事件現場へ向かった。

　もこもこのマフラーに顔をうずめつつ、二千花は橋の上から河川敷へ歩いていく。現場検証も十分重ねてきた。公判直前になって、ここに来る理由がわからない。

「検事、何か気になることでもあるんですか」

　二千花は立ち止まる。

「そうなんです。気になって気になって、じっとしていられませんでした」

「はあ」

　また歩き始めるので、しばらく後ろについて歩いていく。川沿いの道に戻り、上流へ向かうと、古い電話ボックスが見えてくる。初めの通報の発信元だ。その脇《わき》にある階段から、河川敷へと降りていく。枯草が鬱蒼《うっそう》と茂っているが、二千花は豪快にかき分けて進んでいった。

　川岸にしゃがみこむと、川の流れを見つめている。

「あ、魚がいる。フナかなあ」

　何が嬉《うれ》しいのか、ほら、と指さして立原の顔を見た。

「検事、遊びに来たわけじゃないですよね」

「違いますよ。ほら、確かこのあたりだったでしょう？」

「ああ。死んだ人がいると通報を受けたのに、なかったという場所ですね」

　二千花は立ち上がると、辺りを見回す。

「何かわかったんですか」

「いえ、全然」

二千花は首を横に振った。

空を見上げつつ、手をかざす。

「雨、降ってきちゃいましたね」

「ええ、持ってきてよかったです」

立原は折り畳み傘を差し出す。二千花の分も持ってきていた。

「ありがとうございます。準備がいいですね」

「たまたまです。そういえば、あの落ちていた傘について検事はどう考えていますか」

二千花は傘を受け取ると、微笑《ほほえ》む。

「私はそこが突破口になると考えています」

思わぬ一言だった。どういう意味かと立原は問いかけるが、二千花は微笑むだけで答えなかった。


その日の仕事を終え、立原は自宅へ戻った。

玄関の靴を見る。千尋は塾から帰ってきているようだ。本当に事故にでも遭っていたら、しゃれにならない。

居間は電気が消えていて真っ暗だった。千尋は部屋で起きているだろうか。

朝、妻に宣言したことを今さらながら後悔している。

だが謝るのは今日すぐにとは言ってないし、もう遅い。寝ようとしているときに部屋に押しかけても、また怒るかもしれない。そうだ。また別の日にした方がいい。

自分で納得して、脱いだ靴下を立原専用のかごへ入れる。ほれ見ろ、ちゃんと洗濯物を別にしたぞ。心の中で訴えたときスマホが鳴った。見ると、千尋からのLINEだった。

——お父さん、言い過ぎてごめん。

思わぬ謝罪だった。慌てて、こっちこそ悪かった、と送り返す。

階段を降りる音がして、扉から千尋が顔を出した。

「おかえり」

「ああ、ただいま」

勇気を出して謝ってくれたのだろう。千尋のばつの悪そうな顔を見て、父親として申し訳ない気持ちになった。自分は都合よく言い訳して逃げていたのに、千尋の方から謝ってくれたのだ。

「ごめんな。ちゃんと洗濯物、別にしたから」

「ううん、もういいよ。一緒にしてもらっても」

「LINEありがとう。謝ろうと思っても、どこか意地になっていたんだ」

「こっちも、なんか意地になってた」

照れくさそうに千尋は笑った。

「じゃあ、仲直りだな」

「うん」

安心したら口が軽くなった。

「よかった。けんかしたまま千尋が車にひかれでもしたらしゃれにならんからな」

冗談を飛ばすと、千尋に凍り付いた表情が戻ってきた。

しまった。なぜそんなことを言ってしまうんだ、俺は。

「すまんな、また余計なことを」

嫌な沈黙が流れたが、やがて千尋は、ぷっと噴き出すように笑った。先に謝った方の勝ちとでも言いたげに、余裕の表情だ。

「いいよ、それがお父さんだもん」

「すまん」

「じゃあ、バスケ部の新しいバッシュ買ってよ」

「はあ?」

「かっこいいやつだよ。約束したからね」

なんでそうなるんだ。よくわからないが負けた気分だった。ただ胸のつっかえが外れて楽になったようには思える。

意地になっているだけ……か。

加瀬の公判は間近に迫っている。

何度かの公判前整理手続きを経て、争点は明確になっている。ポイントは目撃情報と傘だ。二十三年前、自分はこの耳で加瀬が自供するのを聞いた。犯人に間違いないのにあいつは罪を逃れた。今度こそ必ず起訴して有罪にしてやりたい。そう思ってしまうのは、意地になっているだけなのだろうか。

電話があった。刑事の濱田からだ。

「濱田さん、結局加瀬の自転車は見つからなかったんだな？」

「ああ、探したんだがな。米山と加瀬のつながりもはっきりしたものは出てこない」

事件があった日を境に加瀬の自転車はなくなっている。これは証拠隠滅に思えるし、被害者の米山が会う約束をしていた男の〝罪〟もひっかかる。どう考えても加瀬が怪しいのに決定的な証拠は最後まで見つからなかった。

「立原さん、加瀬の公判はもうすぐだろう。黒木検事は大丈夫なのか」

濱田が心配そうに聞いてきた。意地になっているといえば、この男もそうなのかもしれない。

「弁護側はアリバイがあるって主張しているんだろう？　大丈夫か」

「検事はそれについて、問題ないと言っている」

「本当だろうな」

とはいえ、検察側としては合理的な疑いを入れない程度の証明をしなければ有罪にもちこめない。すべての状況を鑑《かんが》みて、加瀬を有罪にできるだろうか。

「弁護士は加瀬の息子に代わったんだって?」

「古沢は入院したらしい」

「実の息子か……油断できないな」

しみじみと言って通話を切った。

そうかもしれない。加瀬涼真はあまりにも大きいものを背負って公判に挑む。だが背負っているというなら二千花だって同じだ。それについては何も語らないが、父親が過去に起訴できなかった相手ということは意識していることだろう。

正直なところ、公判の行方はわからない。二千花を信じて臨むだけだ。

2

その日、金沢は木枯らしが吹いていた。

涼真は空を見上げる。黒っぽい雲が覆い尽くしている。

公判まであとわずか。

起訴されると九十九パーセント有罪になる。その事実を前にすると気が滅入るが、確率など何の意味もないのだと、自分に言い聞かせる。公判前整理手続きもすでに終わっていて、公判の日は近づいていた。

城南署に着くと、さっそく接見した。

遮蔽板《しゃへいばん》の向こうの父は、落ち着いた表情だった。

「そうか。いろいろと、よく調べてくれたな」

気を遣われることが情けなくて、涼真は首を横に振った。

「でも結局のところ、頼れるのはアリバイ証人だけだ」

韓国屋台の店の主人、藤井の話には信憑《しんぴょう》性があるし、裁判官や裁判員たちに届くことを祈るばかりだ。

父は顎《あご》に手を当てる。

「古沢先生が倒れたと聞いたときは、どうなるかと思ったが……お前が引き継いでくれて助かった。遠慮せずに初めから涼真に頼めばよかったか」

命に別状はないものの、古沢は今も入院中だ。

「不起訴にできたらよかったんだけど、ごめんな」

「仕方ないさ。きっと古沢先生でも、そうなっていただろう」

言葉とは裏腹に、父の表情は辛《つら》そうだった。

「検察は昔、父さんを起訴できなかったから、今度こそ起訴して有罪にしてやるって必死になっているんじゃないのかな」

父は視線を落とす。

「何度も疑われて、こっちはいい迷惑だよな」

「……ああ」

「それと今さらなんだけど」

「何だ？」

「自転車がなくなっていたこと、本当に知らなかったんだな」

涼真はしっかりと父を見つめた。被告人に不利になりそうなことは、ちゃんとつぶしておかなければいけない。

「ああ、わからん」

父はこちらをしっかり見て言い切った。

「新しいバイト先へは歩いて通っていたから、しばらく自転車には乗ってなかったんだよ。駐輪場からなくなっていても、いちいち気づくもんか」

涼真は大きくうなずくと、微笑んで見せた。

「不起訴にできなかったのはくやしいけど、公判で無罪にしてみせる。だから、あきらめずに一緒に頑張ろう」

涼真は父を励まそうと思いを伝えた。

「俺は父さんの無実を信じているからな」

出ていこうとしたとき、声がかかった。

「涼真」

振り返る。だが父は何も言わなかった。どうしたのだろう。黙っていると、父は口元に笑みを作った。

「いや、なんでもない。ありがとな」

じゃあ、と言って接見室を出た。

あれこれ調べてはいるが特に新しい発見もなく、切り札は韓国屋台の店の主人だけだ。決定的なアリバイの証拠と言えるほどではなく不安だ。自転車がなくなったこともどうしても気にかかる。父は本当は……いや、考えるな。ここまで来て揺らいでどうする。

スマホに着信があった。紗季からだ。

「どう調子は？　何か進展あったかしら」

「……いえ」

父と話していた人物がわかれば大きく勝利に前進すると父と話していたのだが、常連客を当たっても父のことを覚えている人は誰もいなかった。

「じゃあ、北島っていう目撃証人と、『ヨンダル』の藤井さんの証言がポイントなのね」

「そういうこと」

北島という証人については、あれからかなり調べた。検察は信頼を寄せているのかもしれないが、崩していく方法はある。

「藤井さんは大丈夫かしら？」

「検察側は藤井さんが店で見たのが本当に父だったのか、あるいは父の来たのが別の日ではないか……と攻めてくると思うけど、藤井さんの証言は信頼できるはず」

うんうんと紗季は相槌《あいづち》を打った。

「傘はどうするつもり？」

そうだ。これが今回、唯一の物証。だが父の指紋が付いていたのは凶器ではなく傘だ。現場にあったからといって事件と関係があるとは限らない。

「父は事件の日の一週間前に失《な》くしたのではないかと言っているんだ。それが現場にあったということは、十分に考えられる」

父の傘を持って行った人物が真犯人で、米山を殺した際に落とした可能性は十分にあるだろう。

「凶器は見つかっていないのよね」

「そうですね」

これに関してはどうしようもない。検察側は提出できなかったのだし、こちらの不利になることではない。

少し間が空いたので、涼真は話を変えた。

「古沢先生の具合はどうですか」

「相変わらずあんな感じよ。最近は『どうぶつの森』にはまっているらしくて、入院生活も快適みたい」

紗季は笑った。そういえばあの人はゲーマーだった。早く元気になって父の弁護活動の助言でもしてもらえたらありがたいのだが。病人に無茶をさせるわけにもいかない。

「先生も、加瀬さんの弁護のこと、気にしていたよ。中途半端に投げ出す形になって悪いことしたって」

病院へ見舞いに行ったときも、何度もそんなことを言われた。

「こっちのことは気にせず体を大事にしてくださいと、伝えてもらえるかな」

「うん、わかった」

「他には何か言われてた？」

「ええと……」

どうしたのか、紗季は言い淀《よど》んだ。

「加瀬さんは大丈夫だろうって。ただ、油断だけはしないようにって」

紗季の声は明るかったが、何か違和感があった。古沢はそんなこと言っていないのではないのか。不安がよぎる。

ありがとうと言って通話を切った。

百パーセント勝てるなんて絶対に言えない。それでも弁護人として考えるのは、公判に勝って父を釈放すること。そのために最善を尽くすのみだ。

その晩、涼真は一人、野々市の実家にいた。

疲れ果てて布団に横たわる。

変な感じだ。こんなに体が疲れているのに眠れそうな気がしない。涼真はゆっくり目を開ける。

そういえば昔、母が言っていた。父が留置場にいる間、涼真はどんなに寝かしつけても眠れなくなって、ぐずって大変だったのだと。自分では覚えていないが、お父さんに会いたいと毎晩泣いていたそうだ。父は人を殺していない。それなのに罪に問われるのはおかしいと。

あの頃と違い、大人になり、弁護士になった。

必ずできるはずだ。この手で父を救ってみせる。そう強く決意したら、途端に睡魔に襲われた。

日が流れ、公判の時が来た。

涼真は金沢地裁の化粧室に向かうと、軽く顔を洗う。

思ったよりも、よく眠れた。

ひょっとすると一生で一番重要な日になるかもしれないが、そんな気負いはなく心地いい緊張感さえある。頭もすっきり冴《さ》えていてコンディションは万全だ。いまさら弁護方針の変更もない。すべてを出し切るだけだ。

法廷に向かおうとすると、紗季の姿があった。

「前村さん、来てくれたんですね」

「古沢先生に報告してくれって頼まれているから」

「先生の調子はどうですか」

「もう元気、元気。ゲームでいちいち興奮して騒ぐから、急変したんじゃないかって看護師さんたちに心配かけて困ってるのよ」

そんなに元気なら何よりです、と涼真は笑った。

「でも内心は、今日の公判のことを気にしてるんじゃないかな」

わかっている。こんな若造に任せざるを得ないことにいら立ちもあるかもしれない。検察の手の内について知り尽くした古沢なら、最高の弁護を展開しただろう。

「そういえば驚いちゃった。相手の検事って若くてかわいいのね」

「油断はしてないよ」

「そうじゃなくって。きっと古沢先生が残念がるから、黙っておこうと思っただけ」

いたずらっぽく紗季は微笑んだ。

「それじゃあ、前村さん。俺、行きます」

「ええ、頑張って」

紗季と別れ、法廷に入った。

傍聴席は満席だ。どこで聞きつけたのか、息子が弁護人ということでマスコミが飛びついている。紗季と目が合うと、小さく手を振ってくれた。

弁護人側の関係者入り口が開いた。

警察官二人に挟まれて被告人である父が姿を見せる。丸刈りにした父は、いつもより若く見えた。猫背気味だった背筋が伸びていて、大きく見える。気のせいかもしれないが、それでいい。

弁護人席の向かい側には、証言台を挟んで検事席がある。

黒木二千花。

風呂敷《ふろしき》包みを机に置くと、ううん、と腕を上げてストレッチをしている。余裕をかまされているようで、気持ちがざわつき始める。彼女は父が有罪であると本気で信じているのだろうか。

はやるな。落ちつけ。

涼真は自分にそう言い聞かせる。

やがてひな壇奥の扉が開き、裁判官と裁判員たちがそれぞれの席に着く。弁護人や検事、被告人、傍聴人らも全員、立ち上がって一礼した。

父以外は全員着席し、廷吏が事件名を読み上げる。

白髪の裁判長は眼鏡の位置を直すと、公判の開始を告げた。

「それでは開廷します」

穏やかな声だった。この裁判長についても古沢から聞いている。できる限りわかりやすい裁判をという意識が強いが、判決は被告人にとって甘くはないそうだ。

「被告人は証言台の前に出てください」

父はゆっくり、証言台の前に足を進めた。

「あなたの名前を教えてください」

「加瀬高志です」

生年月日や住所などが問われていく。形式的な人定質問だ。

「職業は何ですか」

「鉄道でアルバイトをしています」

「では被告人はもとの席へどうぞ」

父は戻っていく。

「検察官は起訴状を朗読してください」

二千花が立ち上がった。公訴事実が朗読されていく。

「……その場において被害者を数度にわたって刺し、橋の上から突き落として死に到らしめたものである。罪名および罰条、殺人。刑法第一九九条」

その後、黙秘権の告知があって、再び父が証言台に向かった。

「被告人は起訴状の内容が理解できましたか」

「はい」

「検察官の読んだ公訴事実に間違いはありますか」

父は一呼吸空けると、裁判長の目を見つめながら答えた。

「すべて間違いです。私は無実です」

「弁護人の意見はどうですか」

涼真は力強くうなずく。

「被告人と同じく、被害者を殺してはおらず、被告人は無罪であります」

裁判長に言われ、父は席に戻った。

「では検察官、弁護人、それぞれの主張を聞こうと思います。まずは検察側から冒頭陳述をお願いします」

二千花は、はいと言って立ち上がった。

「検察官が証拠によって主張しようとする事実は次の通りです……」

身上経歴、本件犯行に至る経緯、本件犯行の状況の順番で、述べられていく。

二千花は父が米山を刺し殺したと主張した。現場に傘が落ちていたこと、目撃情報……これだけを聞けば、被告人は有罪だと誰もが思ってしまうだろう。

おっとりと優しい声は、法廷に似つかわしくない。耳に心地よく、すっと流れるように入ってくる。

だが、主張内容はただの言いがかりに過ぎない。

父は無実を訴えている。俺は息子として、それを信じる道を選んだ。勝負はまだ決まったわけではない。これから決まるのだ。

「弁護人は冒頭陳述をどうぞ」

「はい」

言われて涼真は立ち上がる。検事席の方に視線をやった。

黒木二千花。

腹のうちは読めない。どういうつもりでこの公判に臨んでいるのかはわからないが油断はしない。俺は勝つだけだ。

3

年配の女性が証言台に向かうのを、立原は見守っていた。

眼鏡をかけた北島波津子は、上品な奥様といった風貌《ふうぼう》だ。

彼女が宣誓書を読むと、戦いの始まりだ。

「良心に従って真実を述べ、何事も隠さず、偽りを述べないことを誓います」

証拠調べが始まった。

実況見分調書や加瀬の傘が提出される。公判前整理手続きの結果、傘以外の争点はつまるところ、目撃証言とアリバイだ。

「では検察官、どうぞ」

裁判長に言われ、二千花が立ち上がった。

「検察官の黒木からお訊ねします。あなたは事件のあった日の午後八時頃、何をしていましたか」

いつもと変わらぬ、柔らかな物言いだ。

「犬の散歩をしていました」

「どの辺りを歩いておられましたか」

「河川敷です。歩いていたら、川の方からドボンという大きな音がしました。何だろうと思っていると、そっちから誰かが走って来たんです。刃物のようなものを手に持っていました」

二千花はうなずく。

「それは、どのような人物でしたか」

「小柄で、それなりの年齢の男性でした」

「それなりといいますと、何歳くらいでしょう」

「うちの主人と同世代に見えたので、六十歳くらいだと思います」

わかりましたと言って、二千花は静かに問いを続けていく。

「その人物の他に、橋の辺りで誰かに会いましたか」

北島は眼鏡の端をつまむと、首を左右に振った。

「いいえ。ちょうど携帯に電話がかかってきたのでしばらくそこにいましたが、他には人を見ていません」

「あなたが目撃した人物は、この法廷内にいますか」

少し間があって、北島は加瀬の方を向いた。

「はい。そこにいる被告人です」

「以上です」

二千花の質問は終わった。

「では弁護人は反対尋問をどうぞ」

代わりに涼真が立ち上がった。数歩、北島に歩み寄る。

「あなたは逃げていく人物が被告人だと言われましたが、間違いありませんか」

北島は加瀬の方を見てから答えた。

「はい」

「では目撃した位置を示してください」

現場の地図がスクリーンに映し出される。

「私がいたのは、このあたりです」

男から三メートルほど離れた距離から目撃したということが示された。

「ここには階段がありますよね。街路樹も生い茂っていますし。この位置からだと、個人を特定できるくらいはっきりした特徴まで見えるでしょうか」

「見えましたよ」

「暗くなかったのですか」

「街灯が明るいから、夜でもちゃんと見えたんです」

北島は、よどみなく言い返す。

この点は二千花とも現場検証したが、彼女の言うとおり顔の判別は可能だった。

涼真は少し間を空けて彼女に近寄った。

「あなたは近頃隣の住民と、生ごみの件で揉《も》めたとお聞きしました」

「はあ？」

まるで脈絡のない問いだった。

「隣の住民を疑って激しく追及したものの、あなたの勘違いだったそうですね。ちゃんと見えていなかったのに、決めつけてそう言い張った。誤解が解けた後も、関係が悪くなっているとか」

「あれはあの人の方が悪いんです」

北島はむっとしたように、表情を険しくした。

「異議あり。本件とは無関係です」

二千花が立ち上がった。

「異議を認めます。弁護人は関係のある質問をしてください」

北島は今も、むっとした顔をしている。すぐには感情が収まらないようで、涼真の質問が続く中、むきになったように強く言い返していった。

「あなたは普段から現場辺りをよく散歩しますか」

「はい。犬の散歩は毎日なので」

「その際、この男性を見たことがありますか」

スクリーン上に、河川敷を歩く男性の写真が映し出された。遠景なので顔ははっきりわからないが、みすぼらしい格好をしていて小柄で年配。一見するとホームレスのようだ。

「それは……見たことがあるかもしれません」

涼真は大きくうなずく。

「これは被告人の写真です」

北島が目を大きく開けたとき、涼真は彼女に近づいた。

「あなたは散歩中に被告人を何度か見たことがあり、顔を覚えていた。だから逃げていった人物は誰だったかと刑事に写真を見せられたとき、見覚えのある被告人を見つけ、犯人だと思い込んだのではありませんか」

「思い込みじゃありません!」

ついに北島は大声を出した。

「ちゃんと見たんです」

北島の表情や激しい口調が、見ている者に刻まれていく。涼真の狙《ねら》いは北島の証言の信憑性を揺らすことだ。それは成功している。傍《はた》から見ていて、いい印象はない。上品な奥様だったのが、すっかりヒステリックなクレーマーだ。

「あなたが目撃した人は、この法廷内にいますか」

「あの人です。私は間違いなく見たんです」

北島は、唾《つば》を飛ばしながら加瀬を指さす。

「以上です」

涼真の顔は満足そうに見えた。

彼の質問は、北島が見ていないということを証明してはいない。だが彼女の証言が怪しいものであることを印象づけることはできていたように思える。

やがて休憩に入った。

二千花は座ったままだ。肘《ひじ》をつき組んだ両手で額を押さえている。

「検事、大丈夫ですか」

声をかけると、はいと明るく顔を上げた。

「スーツのジャケットって肩がこるんですね」

額を押さえて首をほぐすらしい。今、やることか。

「思っていたより、感情的な人でしたね」

二千花は何も答えず、首を回している。

加瀬涼真。思ったよりも冷静でしたたかな青年だ。午後はアリバイ証人の尋問だがどうなるだろう。立原はため息をつくように言った。

「ここから反撃ですか」

「そうですねえ、どうなりますかね」

いつものように微笑むと、二千花はどこかへ姿を消した。

4

もう一度、顔を洗った。

タオルで拭《ぬぐ》うと、涼真は鏡に映る自分に問いかける。

どうだ？　いけるか。

北島への尋問はあんなものだろう。紗季も笑顔で、よかったよと褒《ほ》めてくれた。だが、信憑性を揺らすことはできても、別人であるという決定的な証言が得られたというわけではない。

やはりポイントは午後だ。

二千花も多くの法廷を経験してきた検事だ。勝算があって法廷に臨んでいる。一筋縄でいくはずがないが、こちらはベストと思えることをやっていくしかない。

午後になり、公判は再開された。

証言台の前に立ったのは、高い背を丸めた男。韓国屋台『ヨンダル』の主人、藤井浩尚だ。弁護側からの質問となる。

「まず被告人とあなたの関係を教えてください」

涼真の問いに、猫背の藤井はさらに背を曲げて答えた。

「客と店員です」

「事件の日、被告人があなたの店に来たのは何時頃でしたか」

「夜の七時頃です」

涼真はうなずいた。

「どんな様子ですか」

「ひどく酔っぱらっていました」

わかりましたと涼真は言った。

「あなたは被告人に会ったことがありますか」

「ありません。初めてうちの店に来たお客さんだと思います」

「それなのにどうして来た時間を覚えているんですか」

「来てすぐにグラスを割ったからです」

涼真はうなずく。

「被告人は何時頃帰りましたか」

「覚えていませんが、早くても九時過ぎだと思います」

涼真はじっと藤井を見つめた。

「どうしてそう言えるのですか」

「店のレシートの控えですよ」

一番早く帰った客でも、午後九時過ぎだったことを藤井は説明した。

「被告人の様子について詳しくお聞きします」

涼真はそれから言葉を変えつつ、父が事件当日、店に来たのがその日で間違いないこと、藤井が見たのは父で間違いなかったこと、父が食べたというプンオパンを店のメニューで出していること、可能な限り覚えている時刻についても丁寧に聞いていった。

ぬかりなく一歩一歩、慎重に問いを進めていく。こちらの主尋問なので思った通りに展開できたように思う。

「以上です」

次に二千花が質問に立った。

穏やかな表情。午前のことは特にこたえてはいないようだ。いや、もしかするとポーカーフェイスか。

「被告人がお店に来たのは何時頃ですか」

「午後七時頃です」

「被告人は何時頃帰りましたか」

「九時過ぎだと思います」

涼真がした質問の繰り返しだ。ここからどう展開する気だ。

「レシートの控えの記録から、その日一番早く帰った客が九時過ぎだったとわかるだけで、あなたは被告人が帰ったところは見ていないのですね」

「まあ、そうですが」

二千花はじっと藤井を見つめると、機材を操作し始める。スクリーンに店内の様子が映し出された。客がぎゅうぎゅうに入って活気のある様子が映し出されている。

「お店は連日、このような感じなんでしょうか」

二千花が画面を示しながら問いかけた。

「はい、おかげさまで。夜七時過ぎから一気に増えます」

予想していなかった展開に、涼真の心はざわつき始める。

意図がつかめない。どうする気だ。

「そうですか。ではお聞きします。被告人が七時にお店に来て九時過ぎに帰っていったとして、ずっといたかどうかはわからない、ということですよね」

二千花の問いに藤井は、ぽかんと口を開けた。

この質問はもしかして……涼真は口元に軽く手を当てる。

「お客さんは一気に増えるんですよね。途中で被告人がこっそりいなくなっても気づかないんじゃないですか」

「それは……」

やっぱりそうだ。グラスを割ったのは別人だったとか、たい焼きを食べていなかったとか、そもそも店に来ていなかったのでは……というような攻め方をされることを覚悟していた。だが二千花がしようとしているのは、被告人がアリバイ工作をしたという主張だ。

「途中で抜け出さなかったと言い切れますか」

「それはまあ、ないとは言えませんけど……」

二千花は、ほらね、といった顔をしている。

「その日、被告人が弁護人の言うように七時に藤井さんのお店にいたとしても、移動して八時に被害者を殺害し、店に戻ることは十分可能です。わざとグラスを割って印象づけて、アリバイを作ろうとした。自転車などを用意しておけば、現場との往復は可能です」

なくなった自転車のことがここで出てくるとは……。難癖のようだが、言っていることは完全には否定できない。

とはいえ、何を根拠にしてこんな針の穴のように細いところを通そうというのか。まったくの言いがかりとは思えない。手に汗がにじんできた。

「お店に来たとき、被告人は傘を持っていましたか」

「傘？」

「そうです。あの日はお天気がぐずついていましたから」

しばらく藤井は首をひねっていたが、思い出したように言った。

「ああ、たぶん持っていました。割れたグラスを片付けるときに、足元にあるのを見た気がします」

「どんな傘でしたか」

藤井は首をひねった。

「ううん、どうだったかなあ」

涼真ははっとした。もしも緑色の傘を持って店にいたとなると、それが意味するのは……。

「これですか」

二千花はビニール袋に入った証拠品の傘を差し出す。

「ああ、そうだ。これです」

まずい。

涼真は声を上げそうになった。

父の傘が殺害現場にあったことは動かせない事実だ。一週間前に緑色の傘をなくしたというのは父の思い込みだったのか。事件の直前に傘を持っていたことを目撃されていたなら、父があの晩、現場の橋まで行ったと考えるのが一番妥当だ。

「証人にもう一度お聞きします。あなたが事件の日に見たのはこの緑色の傘に間違いないでしょうか」

「はい。そう思います」

「以上です」

父の顔は青ざめていた。

きっと俺も同じ顔をしているだろう。なんてことだ。こんな展開にもちこまれるとは思いもしなかった。

いや、これは自分が藤井に傘のことを確認しなかったせいだ。父の言うことなどいつも適当だと誰よりもわかっていたはずなのに。

「弁護人」

はっとして顔を上げた。

「再主尋問はありますか」

「あ、はい」

動揺するな。アリバイ工作なんて、父がそんな器用なことできるものか。何かの間違いなんだこれは……。

「傘についてお聞きします」

涼真は藤井に語りかけた。

「あなたが見たという傘は、あの傘に本当に間違いありませんか」

「ううん、そう言われましても」

「別の人のものだったとか、記憶違いだったとか、そんな可能性もありませんか」

涼真は気持ちを表に出さないように、顔をこわばらせた。

「全くないとは言い切れませんが……」

思考が停止してしまいそうになるのに必死に抗《あらが》い、やがて証人尋問は終わった。だがかえって自分の首を絞めてしまったかもしれない。

法廷を出ると、何か重いものが肩にのしかかった。

俺はなんて馬鹿だったんだ。

藤井にどうして傘のことを確認しなかった？　緑色の傘はなくしたはず。父のことを信じたいがあまり、弁護人としての目が曇ってしまったということか。

「涼真先生」

声をかけてきたのは、紗季だった。

「大丈夫？　傘の件、どう考えたらいいのかしら。私の目にはあの店の主人が嘘《うそ》をついているようには思えなかったわ」

「……ええ。ですがもし父が店にあの傘を持って行ったとしても、米山さんを殺したということにはなりません」

「まあ、ね。でも裁判員がどうみるかしら？」

苦しまぎれにしか聞こえないだろう。そのことは自分でもよくわかっている。

「明日も全力でやるだけです」

強がってみるのが精一杯だった。そこで紗季とは別れる。

きれいな夕陽《ゆうひ》がいまいましかった。

味方であるはずの藤井の口から漏れた思わぬ証言。法廷は生き物。わかってるのにどうしようもなかった。第三者の目には、どう映っただろう。

涼真は一人、父のいる警察署へと向かう。

負ける。このままでは……。

そんな思いを胸に抱きつつ、接見室に入った。

「父さん、一つ聞きたいんだ」

涼真は努めて明るい顔で切り出した。

父も公判の雲行きは十分わかっているのだろう。険しい表情だった。

「あの傘だけど、店へ行った帰りに落としたってことはないのか」

まだ被告人質問がある。その時、飲み屋の帰りに橋を通りかかったと言えば、傘が川べりにあったことの説明は一応つく。

「それはないな。俺はあの日、本当に橋の方には行っていない」

一縷《いちる》の希望を父は自ら断ち切った。

「酔って記憶をなくしてたんだろ？」

「ああ。だけども帰り道に自販機で水を買ったとき、酔いはだいたい覚めていた。そこからは歩いて家にまっすぐ帰ったよ。橋は家とは全然違う方向だ。わざわざそんなところに行ってから帰るわけがない」

「そうか」

そもそもいくら酔っていても傘を落として気づかないものだろうか。また弁護側としては、事件の日は現場の橋へは行っていないと主張してきたのだ。曲げることになってしまう。それに川に落としたという主張では、傘に被害者の血がついていたことの説明にはならない。

それなら店にいた誰かが傘を持ち去って米山を殺したという可能性はないだろうか。父は誰かと話していたらしいし、その人物が持ち去ったなら……だがこれを証明していくことはかなり困難だ。

しばらく父はうなだれていたが、やがて顔を上げた。

「涼真……状況は厳しいんだな？」

「父さん」

「お前はよくやってくれた。有罪になったとしても本望だよ」

父の顔は穏やかだった。

「何言ってるんだよ」

「涼真」

「父さんは、やってないんだろ？」

父はゆっくりうなずく。

「ああ」

「だったらあきらめたようなことは言うなよ。冤罪《えんざい》にされてたまるか」

いつの間にか父の頰《ほお》を涙が伝っていた。

「そうだな。俺が間違っていた。最後まであきらめずに頑張ろう」

口を真一文字に結ぶと、涼真はうなずいた。

もうしばらく明日の被告人質問の打ち合わせをして、接見室を後にした。

5

金沢法務合同庁舎の一室には遅くまで灯《あか》りが点《つ》いていた。

二千花が珍しく残って仕事をしている。公判中だが他の仕事も滞っているので、いたしかたない。

「おつかれさまです」

立原はコーヒーをそっと差し出す。

「ありがとうございます。眠くてコーヒーほしいなって思ってたとこなんです」

微笑みが返ってきた。立原はカップを手にしたまま、冷めるのを待つ。

「頑張らない主義なのに、頑張っていますね」

「そういう時もたまにはありますよ。でもこれが終わったら、また頑張りませんよ」

はいはい、と立原は笑う。

「公判、よかったですよ。傘の件で流れが変わりましたね」

「そうですかあ」

二千花は幸せそうにコーヒーをすする。立原と同じく、ほっとしているのだろうか。

加瀬の公判は一日目が終わったところだ。

流れは検察側にある。二日目は被告人質問、論告・求刑までいって結審する。週をまたいで三日目に判決だ。つまり今日の、一日目の証人尋問で公判の流れはだいたい決まる。明日も公判は続くが、今日の方が重要だった。

「弁護側の出方として考えられるのは、店にいた誰かが傘を盗ったと修正してくるくらいでしょう。ですが、こじつけのようで苦しい印象でしょうね」

ふと、二千花はカップを持つ手を止める。

「検事、どうかされましたか」

「いえ……よくわからないけど、なんとなく落ち着かないんです」

二千花は頭を、ふわふわと左右に揺らし始めた。検事室の観葉植物たちもエアコンの風に当たってそよそよと揺れている。

「きっとお疲れなんですよ。明日もあるんですから今日はほどほどに」

「はあい」

それからしばらくして二人で検察庁を出た。

「では、また明日」

見上げると、雲の切れ間に星が瞬いている。いつの間にか冬の星座だ。吐く息は白い。

傍聴席は人がいっぱいでわからなかったが、本宮はこっそり見に来ているのだろうか。昔、起訴できなかった加瀬高志の公判。娘が起訴し、追及している。どうか傍聴席で見ていてほしい、と立原は願った。


公判二日目の朝はよく晴れていた。

カラスが軽快なフットワークで間合いを詰めようとするので、睨みつけて牽制《けんせい》する。立原は道端に散乱した生ごみを片付けていた。うちに来たダイレクトメールが散らばっている。個人情報が漏れてはたまらない。我が家のごみじゃないものも混じっているが、ついでに片付ける。

「あら？　立原さん」

近所の人が声をかけてきた。

「またカラスにやられてたのね。片付けてくれて、ありがとうございます」

「いいえ、たまには社会貢献しないと」

陽ざしも清々《すがすが》しく、朝から気分がよかった。まあ、情けは人のためならずとはよくいったもんだ。

公判はいい流れになっている。

事件当日、加瀬が店にいたことは認めていくという、意表を突いた二千花の戦術は功を奏した。今日は傘の行方をめぐって被告人質問が行われるが、検察側有利で展開しているといっていい。

二十三年前のことが思い出される。加瀬高志。ずいぶんと遅くなったが今度こそ殺人罪で塀の中に入れてやる。有罪になればおそらく死ぬまで出てこられないだろう。

地裁に向かうと、公判が再開された。

証言台にいるのは、被告人である加瀬高志。大勢の傍聴人を前に、一人の青年が口を開く。彼は加瀬の弁護人であり、息子でもある。

「焼き鳥屋『ひよ吉』に入ったのは何時頃でしたか」

「夕方五時半頃です」

「韓国屋台の店『ヨンダル』においてですが、あなたは何を注文しましたか」

「たい焼きです。あんこがおいしかったのを覚えています」

二人の姿を目にして、立原はふと考える。

涼真はどういうつもりで父の弁護にあたっているのだろう。無実を信じ切っているのだろうか。それとも、疑問を抱きつつも、父のことを守ろうとしているのか。

立原が思う答えは、前者だ。

きっと幼い日と同じように、父が無実だと信じ切っている。父が殺人など犯すはずがない。その信仰にも似た強烈な思い込みが、彼を支えているのかもしれない。

だが俺は知っている。

加瀬は二十三年前、検事室で確かに自白した。あれが嘘だとは到底思えない。あいつは人殺しだ。何事もなかったように釈放され、反省もなく、また人を殺したのだ。

「以上です」

主質問が終わり、涼真は席に着いた。

その質問は予想通り、加瀬が店にいたことの証明と、誰かが傘を奪い去ったという可能性を言い立てるものだった。何とか無実を訴えようとしているものの、こじつけとしか思えない内容だ。

代わって二千花が質問を開始した。

加瀬が店にいたかどうかは争うことなく、店を途中で抜け出して米山を殺したという線で攻めていく。

「被告人は自転車を所有していますか」

うつむきながら加瀬は答えた。

「……いいえ」

「これまでずっと自転車は持っていないのですか」

「いえ。最近まで持っていたんですけど、なくなってしまいまして」

「いつなくなったのですか」

「それは……」

今となってみれば、消えた自転車には大きな意味があった。指紋や血液が付いたなど都合が悪いことを隠すために処分したのかと思っていたが、アリバイ作りに利用したのを悟られないためという見方もできる。どう答えても、被告人側には不利だ。自転車がなくなった時期が、アリバイ工作の主張に現実味を与えている。

「以上です」

長い被告人質問が終わった。

「裁判員の方で、質問はありますか」

裁判長に促され、端に座る若い女性が口を開く。

「被告人に一つお聞きしたいんですが、記憶がなくなるくらい酔っぱらうことは、よくあったんでしょうか」

加瀬は情けない顔をする。

「はい。よく息子に注意されていました」

「その夜、記憶が戻ったのは、いつくらいなんですかね」

「家まで歩いている途中に、自販機で酔い覚ましの水を買いました。確か十時過ぎだと思うんですが。そのくらいから何となく覚えています」

「その時に傘は持っていましたか」

「……覚えてません」

苦しそうに加瀬は首をひねった。

次に別の男性が質問する。

「被告人は今、どういう気持ちなんでしょう。教えてください」

加瀬は戸惑うように見上げた。

「はい？」

「ですから、この公判にあたって、いろいろな人に申し訳ないと思いませんか」

「ええと……米山さんのご遺族の方の心痛は当然です。ですが、私は殺していないので、申し訳ないと思ったり反省することはできません」

加瀬の言葉にあきれたような表情をすると、男性は口調を強めた。

「それだけじゃないだろう」

「はあ」

「弁護人は実の息子さんなんですよね。無実を信じて必死に弁護してくれていて、父親として恥ずかしいと思わないんですか」

その問いは立原の思いを代弁するような内容だった。加瀬の顔は、みるみる赤くなっていく。質疑応答の目的とずれているので、裁判長が中断させると次の裁判員を指名した。

「自転車はどうしてなくなったんですか」

「わかりません」

「処分したのではないんですか」

「そんなこと、するはずありません」

「たまたま事件のときになくなったなんておかしいでしょう。都合が悪くて処分したようにしか思えません」

「ふざけんな！　本当に俺は殺してないんだよ」

ただのけんかになってきた。

「俺は無実なんだ！」

加瀬の訴えに、立原だけでなく裁判員たちも眉《まゆ》をひそめる。

涼真の顔は蒼白《そうはく》になっている。哀れだな。そう思った。二千花が同情的になっていないかと顔を見るが、意外なくらい冷静なまなざしをしていた。

加瀬は最後の裁判員質問で冷静さを欠いた。これは弁護側にとって、追い打ちをかけるような痛手になっただろう。

被告人質問は終わりのようだ。

そう思ったとき、思いもよらない方から声が聞こえた。

「待ってください！」

大声を上げたのは裁判員ではない。一人の傍聴人が立ち上がっている。何事だろうと、皆、静まり返っている。

「被告人は犯人じゃありません」

眼鏡をかけた男性だった。

「私はあの夜、韓国屋台の店にいた客です。たまたま出会った加瀬さんと意気投合して、一緒に飲んでいました」

どよめきが法廷内を支配していった。

「事件のことを知って、ひょっとしてあの時の人だったんじゃないかと気になって、傍聴に来ていたんです」

涼真も加瀬も、大きく目を開けて驚いていた。

何だこれは……。

長い間、裁判に関《かか》わってきたが、こんなことは初めてだ。

「すみません。こんなところで言い出すなんて。でも、このまま黙って見ているのは耐えられません。私は覚えています。加瀬さんとは八時前から一緒に九時過ぎまで飲んでいました。店を抜け出したなんてことは絶対にありません。たい焼きは、私がおいしいですよって勧めたんです」

ざわめきは収まらない。

「静粛に。静粛にお願いします」

どう収拾をつけたらいいのか、裁判長もうろたえていた。

どうなるんだ、この裁判は……。

立原は二千花の方を向く。彼女は驚く様子もなく、男性の方をじっと見つめていた。

第五章　罪人に手向ける花

1

雪が降ってきたのに、心は熱かった。

焦るなと自分に言い聞かせても、つい足どりが速くなる。

すでに日が落ちたが、涼真は警察署に入ると接見を申し込んだ。狐《きつね》につままれた気分というのはこういうことだろうか。

接見室には、すぐに父がやってきた。

父の顔には喜びというより、戸惑いが浮かんでいる。

「あの傍聴人のことは知っていたのか」

父の問いに涼真は首を横に振った。

「俺も覚えてない。すごいよな、救世主に見えた」

今も、あれは夢かと思う。

展開は検察側有利に傾いていた。被告人質問で涼真は必死で何とか流れを変えようとしたが、突破口は開けなかった。

そんな淀《よど》んだ流れを変えたのは、一人の傍聴人だった。

公判の終盤に、アリバイ証人が自ら名乗り出る。そんなまさかの異常事態に法廷はパニック状態、公判は一時中断になった。検察官と弁護人が裁判長に呼ばれ、話し合いが臨時でもたれた。

「傍聴人の男性は常連客で店長の藤井さんもよく知る人物だったよ。さらにありがたいことに、店のレシートを有していたんだ」

「レシート？」

「そうだ。事件のあった日付と会計の時刻がはっきり印字されている。店を出たのは九時半。店を出るときまで、ずっと一緒だったそうだよ」

そうか、そうか、と父は笑みを浮かべていた。

「涼真、この後の公判はどうなるんだ？」

「さっきまでそのことを話し合っていた。本来なら今日のうちに結審までいって、来週に判決が出る予定だったんだ」

証拠の提出や証人申請は基本、公判前整理手続きまでだ。だが、信憑《しんぴょう》性のある証人を無視することは正義にもとるという判断から、再び証人尋問が行われることに決まった。

「余裕をもって日程は組まれていたけど、裁判員の予定もあるだろ？　変更は難しいかと思ったけど、あの傍聴人の証人尋問をすることになったんだ」

「そうか、そりゃよかった」

だがまだ喜ぶのは早い。まだ無罪になると決まったわけじゃない。

涼真は少し間を空けると、大げさに怖い顔を作った。

「父さん、あんなことして駄目じゃないか。本当に焦ったよ」

「あんなこと？」

「裁判員とけんかするなんて、マイナスにしかならないだろ」

「あ、ああ」

すまんと父は頭を下げた。

「つい、かっとなったんだ」

「父さん」

「だって酷《ひど》かっただろ？　俺《おれ》のことを犯人だって決めつけて」

「まあ、確かにね。でもあのまま結審していたら、負けていた」

思い返すと、ぞっとする。

「とにかく、まだ証人尋問が行われることが決まっただけだ。油断はしないでいこう」

「わかっている」

しばらくこれからのことについて話をした。

やがて接見を終えて、警察署を出た。

数日後、公判は再開された。

証言台にはあの傍聴人がいる。思わぬ形で追加された証人に、涼真が問いを発していくのを父はじっと見つめていた。

その人物がその日、店にいたことは、所持していたレシートから明白だ。焦点は本当に夜八時頃、加瀬と一緒にいたのかという一点に絞られる。

「話した内容について覚えていますか」

「ええ、サッカー観戦が趣味だとか、息子が東京にいて一人暮らしだと楽しそうに語っていました」

「他に覚えていることはありますか」

「プンオパンを注文していましたよ。私も分けてもらって食べました」

証人の答えは明確だった。父と八時頃、一緒に飲み食いしていたこと、父は一度も外へ出ていくことはなかったこと、帰ったのは九時を過ぎていたこと、よどみなく、あるがまま答えているという印象を与えることだろう。心強い証人だ。

涼真の質問だけでなく、二千花の問いにも、証人は丁寧に答えていく。

「被告人は傘を持っていましたか」

「はい」

先日の証人尋問で『ヨンダル』主人の藤井に聞いたとき、検察側は傘の件で攻め立てた。

だがこの証人は藤井以上によく覚えていた。

「どのような傘でしたか」

「灰色っぽい傘だったと思います」

二千花は言葉に詰まった。

それは藤井がした緑色の傘という証言を否定するものだった。父が店にいる間は一度も外に出ていないという証言、そして持っていた傘はグレイだったという証言は、検察が主張してきたアリバイ作りというストーリーを完全に否定していった。

グレイと緑。

先に証言した『ヨンダル』主人の藤井は緑色の傘だと言ったが、藤井は傘をちらりと見ただけなのに対し、この傍聴人は近くでずっと見ていたと証言した。どちらが正しいのかを確かめるためにもう一度、藤井も証人として呼ばれ、彼はグレイだった可能性も認めた。

やがて長い証人尋問は終わった。

被告人質問はすでに終わっているので、検察側の論告・求刑が始まり、二千花が父の罪について断罪していく。

「よって被告人を懲役三十年に処するを相当と思料します」

求刑が終わり、涼真は気持ちを抑えた。

ついに最終弁論だ。練り上げた弁論を心を込めて読み上げていく。

裁判員や裁判官たちの顔を見てから、最後に二千花に視線をやった。

あれから古沢に聞いた。この事件が起訴され、父が人生の危機に瀕《ひん》している裏には二十三年前からの因縁《いんねん》がある。私情だ。昔のことで父を罪に問えないからこそ、今回は意地でも殺人罪で罪に問おうとしている。

被告人の年齢を考えれば有期懲役刑でも無期懲役と同じ。有罪にできれば父親の仇《かたき》を討てるとでも考えているのかもしれない。

「被告人は無罪です」

そうだ。こんなことで有罪にされてたまるか。

俺は勝つ。ただそれだけだ。

電車に乗ると、急いで待ち合わせ場所に向かった。

「こっち、こっち」

紗季が手を振っているのが見えた。

「前村さん、お待たせ。遅くなってごめん」

「ううん」

微笑《ほほえ》む紗季の息は白い。

体があったまるものを食べようと、入ったのはおでん屋だった。祝杯はまだ早いと思いつつも、カウンター席で熱燗《あつかん》を傾ける。

「勝てるよね、公判」

味のしみた大根を頬張《ほおば》っていると、紗季が上目遣いに聞いてきた。

「……そう信じたいな」

「涼真先生ってどうしてそんなに弱気なの？　気持ちで負けちゃ駄目よ」

紗季に肩をぺちんと叩《たた》かれると、涼真は笑った。明るい彼女と一緒にいると、不安な気持ちが消えていく。

「ありがとう。ここまで頑張れたのは、前村さんが協力してくれたおかげだよ」

父の無実を信じて一緒に頑張ってくれた。たい焼きの謎《なぞ》を解くヒントをくれたのも、この紗季だ。

おでんをつつくその目は、とろんとして色っぽい。

「この前はね、正直、もう駄目かと思って、涼真先生たちのことを見てられなかった」

「……だろうね」

「それなのに奇跡ってあるのね。あれだけ探しても見つからなかったアリバイ証人が、劇的なタイミングで現れるんだもの」

「確かに奇跡としか言いようがないかもな」

涼真は空になった紗季のお猪口《ちょこ》に酒を注《つ》ぐ。

これまで奇跡なんて信じていなかった。いい結果はすべて不断の努力で勝ちとるべき。そう思ってずっと生きてきた。まあ、まだ決めつけるのは早い。あれを奇跡と呼ぶのは、無罪判決が出てから。いや、検察が控訴をあきらめて、判決が確定してからだ。そこまでいって初めて奇跡と言えるだろう。

慎重ね、と紗季はあきれたように笑った。

それからしばらく、二人でおでんをつついた。

「そうだ。これ」

紗季が取り出したのは、サッカーの観戦ペアチケットだった。

「お父さんが釈放されたら一緒に行くといいわ」

二人で行こうと誘われるのかと思って、少し拍子抜けした。

「もらっちゃっていいの？　というかお祝いなんて気が早いなあ」

「大丈夫。お父さん、絶対に無罪になるわよ」

ありがとう、と微笑む。落ちついたら、こっちからデートに誘うことにしようか。

その後も、おでんと酒を楽しみ、駅で別れた。

木枯らしが吹く中、心も体も少し火照っていた。


運命の日は、冬の金沢らしい曇り空だった。

これからすべてが決まる。

涼真は緊張した面持ちで、法廷へ続く廊下を歩いていく。

今日は判決が言い渡されるだけであるにもかかわらず、傍聴しようと集まった人が多かったようで、抽選にあふれた人が並んでいる。

検事席には二千花がいる。彼女はどういう思いでいるのだろう。まさか勝てると信じているのか。いや、考えても仕方ない。

やがて連れられて、父もやって来た。

大丈夫だよ、父さん。

目で合図を送る。

再開された公判はひいき目でなく、弁護側有利だったろう。父が『ヨンダル』にいたことを認めたうえで、父がアリバイ作りをした……検察側の主張はそういうものだった。そしてその際、重要だったのが緑色の傘を父が持っていたという証言だ。

だがその筋は傍聴人の証言によって困難になったと言っていい。ただ裁判員が藤井の証言に重きを置くなら、検察の言うように父がアリバイ作りをして店を抜け出し、現場で米山を殺したと認める可能性もゼロではない。

決して油断はできない。

やがて、ひな壇に裁判官や裁判員たちが姿を見せた。

いつものように起立、礼があって裁判長が口を開く。

「判決を言い渡します。被告人は証言台の前に出てください」

父は証言台にゆっくりと歩を進めた。

法廷内は緊張感に包まれる。涼真は目を閉じたくなる気持ちを抑え、背を伸ばすとしっかりと前を見た。

やがて静かに裁判長の口が開く。

「主文、被告人は無罪」

どよめきが起こった。

無罪。

この言葉をどれだけ待っていたことだろう。涼真はこれが夢でないことを確認するように、今日朝からしたことを確認していく。大丈夫、歯磨きからトーストの焼きかげん、読んだ新聞記事まで朝起きてからの細かいすべてのことが思い出される。

夢ではない。これは現実だ。

拳《こぶし》はかかげない。証言台の方をゆっくり見る。

肩を震わせ、感極まった表情の父がいた。

「おめでとう!　おめでとう」

名も知らない人からも声が聞こえた。

司法記者たちが競うように法廷を飛び出していく中、大柄な老人が険しい顔で去って行く。ざわめきが残っていたが、もう一度、裁判長が口を開いた。

「以下、理由を述べます」

雲の上に立っているような感覚のまま、正面に座る黒木二千花に視線をやった。

こんな時でも表情一つ変えないのか。涼真は彼女に忠告した。そもそも初めから起訴するべきではなかったのだ。信じていたとおり、今、正義は行われた。

長い判決言い渡しが終わり、父は裁判官や裁判員たちに深く頭を下げる。

二千花が姿を消すのを見届けると、父の元へ足を進める。

「涼真！」

こらえていたように、父は大粒の涙を流して涼真の手を握る。その小さな背を包みこむように、涼真は父を思いきり抱き締めた。

2

立原は検事室で一人だった。

二千花が休みをとったからだ。

体調不良ということだが、昨日まで調子が悪そうな様子はなかった。精神的な部分が大きいのは明らかだ。彼女の検事人生、初の敗北だろう。だが二千花ではなく別の検事だったとしても、同じ結果になったはずだ。

あの日、傍聴席には本宮の姿があった。加瀬に無罪判決が言い渡されるのを、どんな思いで見ていたのか。二千花は父が見に来ていることに気づいていただろうか。

二千花の代わりに植物たちへ水をやり終えると、次席検事室に決裁印をもらいに行く。

「失礼します」

「立原さんか、ちょうどよかった。ああ、かけて」

安生はいつものように怖い顔をしているが、怖い人ではないことはもう知っている。

「聞きましたよ。二千花ちゃんが休んでいるとか」

ちゃん付けとは……そんなに仲がよかったのか。

「体調不良と聞いていますがどうでしょうね。いつもマイペースな黒木検事が、こうもショックを受けるとは思いもしませんでした」

しみじみと立原は言葉を続けた。

「ただ、次席。私には黒木検事の気持ちはわかるんですよ」

安生はうなずく。

「お父さんの因縁、でしょう?」

答えを言われて、立原は口ごもった。

「ご存知《ぞんじ》だったんですか」

「彼女の司法修習生時代、私が指導担当だったんですよ。だから一人前になった二千花ちゃんと一緒に働くことになったのは感無量でね」

なるほど。安生の二千花びいきには、そういう理由があったのか。

「でも、私よりも立原さんとの縁の方がすごい。父と娘の親子二代にわたって、組んで仕事しているってことですからね」

「ええ。その二度も、加瀬の取調べにあたることになるなんて思いもしませんでしたよ」

「数奇な縁ですね」

さらに、またしても加瀬を取り逃がすことになるとは……。

「次席、黒木検事はお父さんのこと、どう思っているんでしょうね」

「それはもう、自慢の父、って言っていましたよ」

即答だった。

「昔、検事になることを志望した二千花ちゃんに、その理由を訊《たず》ねたことがありました。離れて暮らす父親のことをもっとよく知りたいと調べているうちに、検事という職に興味をもったそうです。本宮さんは仕事の話はまったくしなかったようですが」

そういえば離婚したのだと本宮は言っていた。

「お父さんのことを追いかけて検事になった。いい娘さんじゃないですか。それなのに加瀬はまたしても……」

「次席、加瀬の担当を黒木検事にしたのは、お父さんのことがあったからですか」

安生は笑った。

「それは関係ありません。検視もやってもらっていたし、彼女に任せるのがベストと思っただけのことです」

立原は口を挟んだ。

「次席、加瀬を控訴するべきでしょうか」

検察が上訴した場合、勝つ確率は七割を超えているが、その判断は高裁との協議による。担当した検事一人が上訴を声高に主張しても無意味だ。

「立原さんはどう思いますか」

「私には……まだわかりません」

正直なところ、再び加瀬を自由の身にすることに憤りを感じている。だが二千花は心が折れてしまったようだし、このままあきらめるしかないのだろうか。

「では失礼します」

結局、控訴の是非について安生は何とも答えなかった。

これまで立原と組んだ検事の中には、一度公判で負けただけで、生きている意味を失ったように崩れてしまう人間もいた。それほど負けることは赦《ゆる》されていない世界。二千花は大丈夫だろうか。

検事室に戻ると、電話があった。

誰《だれ》だろうと思って出ると、濱田からだった。彼も公判の行方はずっと気にして傍聴に来ていた。

「えらいことになったな」

「ああ、加瀬の控訴は厳しいだろうな。黒木検事はよくやったと思うが」

あんな反則みたいな証人が現れては、どうしようもあるまい。

「立原さん、黒木検事から聞いたか」

「何のことだ？」

「なんだ。まだ聞いていないのか。てっきり伝わっているもんだと思っていたのに」

今さらながら何かあるというのか。早く言うよう、立原は促した。

「捜索願が出ている中に、どうも気になる人物がいた」

「気になる人物？」

「ああ、岩崎大二郎《いわさきだいじろう》ってやつだ」

聞いたことのない名前だ。

「岩崎は五十九歳。一人暮らしだ。ギャンブル依存で消費者金融にかなり借金があった。勤務先の工場にもずっと姿を見せず、家賃も半年ほど滞っていたらしい。スマホも止められていたそうだ」

家賃が払えずに姿を消したということか。

「濱田さん、気になるところってなんだ」

「岩崎には前があった。強盗傷害で服役している」

はっと思い出す。殺された米山が会いに行った人物について、その罪を最近知った……。確か米山の妻がそう言っていた。

「だがそれだけでは……」

「岩崎は小柄でやせ型。年齢は六十歳前後。これって誰かと似てないか？」

「まさか」

北島が見たという犯人らしき人物と酷似しているという。

「それだけじゃない。岩崎の自宅から覚え書きのメモが出てきたんだ」

「何と書いてあったんだ？」

「米山の名前と待ち合わせの日時。現場近くの駅前で午後八時……ピタリだ」

立原は言葉を失った。岩崎の行方はまるでわからないらしいが、それだけ一致しているなら……。

通話は切れた。

ダメ押しの一手という感じの情報だった。濱田の言いたいことはよくわかった。考えたくないことだが、加瀬は本当に無実だったのかもしれない。というより真犯人は岩崎でほぼ確定だ。そう思うと張り詰めていた糸が切れる思いだった。


仕事が終わり、検察庁を出た。

しばらく忙しくて顔を出していなかったが、立原は『とり敏』の暖簾《のれん》をくぐった。

岩崎という重要な真犯人候補の存在は、これまでの努力を全部打ち壊していくような感じだった。この情報は昨日のうちに二千花には伝えたという。彼女がショックを受け休みたくなるのも無理はない。

端っこの方に白髪頭が見える。大きな背中の老人が座っていた。

「本宮さん」

声をかけると、本宮は振り返った。

「ああ、来たか」

本宮はすでに少し顔が赤い。ここで会ったのは偶然ではない。加瀬の無罪判決を受けて話がしたいと、立原の方から連絡を入れたのだ。

「とりあえず、ビール」

立原も注文し、半分ほど一気に飲む。

こちらから誘っておきながら、話が進まなかった。いまさらぐだぐだ言っても始まらないが、濱田からの情報も口を重くさせる要因になっていた。

部外者である本宮には詳しいことは話せないが、控訴するかどうか、気になっているだろう。

「残念だ」

そう言って、本宮はビールに口をつけた。

「ですね」

立原も短く答えた。

公判について交わしたのは、ただそれだけだった。

「大将、治部煮《じぶに》を二つ」

立原が注文すると、本宮は頬を少し緩めた。

「よく覚えていたな」

「本宮さんに教えられて私も好きになったんですよ」

やがてあつあつの治部煮が二人の前に出された。いただきますと言って箸《はし》をつける。本宮は昔と変わらず、おいしそうに食べた。

「実はさっき会ったんだ」

一瞬、何のことかわからなかったが、どうやら二千花のことらしい。

「家に帰ると娘が来ていてね。私が帰って来るのをずっと待っていたようだ」

「そうですか」

公判後、すぐに父親の元へ会いに行くなんて、思っていた以上に加瀬の事件は二千花にとって特別だったのだ。

本宮は肉と一緒に百合根《ゆりね》を口に運んだ。

おいしそうに咀嚼《そしやく》しているのを見ながら、立原は話しかけた。

「黒木検事は、何か本宮さんに話をしに来たんですか」

「いや、ただ単に飯を食いに来ただけだ。うちの合鍵《あいかぎ》を持っているもんだから、勝手に上がりこんでいることがたまにあるんだよ」

「そう……ですか」

「公判の直後だから、少し驚いたけどな」

いつものことだと全く気にしていないようだが、立原はますます心配になってしまった。うちの娘は何でもかんでも自由に言いたい放題だが、二千花はそういうタイプでもなさそうだ。いつも穏やかに見える分、内側にため込んでしまうのかもしれない。

本当は加瀬を取り逃がしてしまったことが悔しくて、父に話を聞いてもらいたかったのかもしれない。なぐさめてもらいたくても言えなかったのではないか。

「立原くん」

「はい」

呼びかけておいて、本宮は少し沈黙した。やがて苦笑いのような微笑みを浮かべると、こちらを向くことなく口を開いた。

「二十三年前、私は間違っていたのかな」

「……本宮さん」

その問いに答えることはできず、立原は鶏肉《とりにく》に箸をつけた。

二人はそれからとりとめのない会話を交わした。本当は加瀬のことについて語り合いたかったし、控訴の判断についても告げたかったが、すべて飲み込んだ。

「どうか、娘をよろしく頼むよ」

店から出ると、遠くで雷が鳴っていた。

「鰤《ぶり》おこし、ですか」

「かもな」

店の前で別れると、本宮は大きな体をゆすって駅へ消えていった。

翌日もいつものように登庁した。

本宮と話して、やり切れない思いになった。もっとも問題は二千花だ。何日も休んでいるわけにはいかないだろう。そう思っていると、検事室には二千花の姿があった。花瓶に花を生けている。

「おはようございます、黒木検事」

声をかけると、二千花は振り返る。いつもと変わらない表情だ。

だが内心は穏やかではないだろう。有罪にもちこめるか微妙なラインだったのに、無理に起訴して負けたのだ。

「検事、体調はもう大丈夫ですか」

「え？」

きょとんとする二千花に、立原の心配はますます募る。

「私もついていますので……加瀬の公判のことはどうか気に病まないでください」

「ああ、そういうことかあ」

ぽんと手を叩くと、微笑む。

「やだなあ、立原さん。大丈夫ですよ」

「でも負けてしまったのに……」

「なるようになっただけのことですから」

「はあ」

だが責任の追及は免れないだろう。

「そんなことより、立原さん」

「はい？」

立原はゆっくり顔を上げた。二千花の瞳《ひとみ》は意外にも澄んでいる。

「勝負はこれからです」

そう言って、二千花は花ばさみをパチンと鳴らした。

3

あれから父は、即日釈放された。

だがいつまでも勝利の興奮に酔っているわけにはいかなかった。

父の弁護にかかりきりになって事務所に迷惑をかけた分、仕事で返さなくてはならない。

激務は体にこたえるが、父の件が落ち着いたおかげで精神的に安定している。

今日は朝から、暴行事件の醜い言い訳をさんざ聞かされた後、一言もしゃべらない少年と接した。一筋縄ではいかない案件ばかりだが、父の無罪判決を勝ちとったことが自信になっている。頑張ろう。

自宅のアパートへ荷物を取りに戻ると、最終の新幹線に飛び乗った。

金沢へ向かう。今夜は実家に泊まって、明日は父とサッカー観戦に行く約束をしている。紗季からもらったチケットが無駄にはならず、ほっとしている。この半年、何度も東京と金沢を往復したが、今回は気が楽だ。

途中で着信があった。

クライアントからかと思ったが、表示は母からだ。デッキに移動すると、スマホを耳に当てた。

「もしもし」

「涼真、おめでとう。無罪判決が出たそうね」

起訴前に会って以来だ。それからは一度も連絡はなかった。

「ありがとう」

ためらいがちに礼をした。

「よかったわね。信じていたのが報われて」

母の声は明るかった。

「あの人を悪く言うようなことばかり言ってごめんね。でも仕方ないじゃない。あの状況なら普通は疑うでしょ。悪く思わないで」

「いいよ、気にしていない」

正直なところ、日和見《ひよりみ》的な母に怒りはある。この公判だってあのまま負けていたらこうして電話してくることもなかったろう。だが弁護士としていろいろと問題のある人たちに接してきて思った。

人は弱い。

自分だって偉そうなことは言えない。父をずっと信じてきたが、苦しくて仕方なかった。

身内が殺人罪で逮捕されるなんてよほどのことだ。信じ切れずに逃げていった母の弱さを責めても仕方ない。

「父さんにも、母さんが心配して電話をくれたって伝えておくよ」

「涼真」

電話の向こうで母は泣いていた。

それからもう少し話をして通話を切った。


やがて金沢駅に着き、タクシーで実家へ直行した。

玄関の扉を開けると、父が笑顔で出迎えてくれた。

「それにしても、あの人、よく証言してくれたもんだよ」

「一緒に飲んだ人がいい人だったことに、心から感謝だな」

「たい焼きも食っておいてよかった。いや、たい焼きじゃない。なんだっけ」

「プンオパンだ。恩人の名前くらい覚えろよ」

今となっては笑い話になることが、本当に嬉《うれ》しい。

その時、ふと父は真面目《まじめ》な顔になった。

「涼真」

そう言ってから、黙り込む。

「おい、何だよ」

せっつくが返事が返ってこない。

「明日だけどさ、サッカー見に行ったあと一緒に飲まないか」

そんなことか。深酒のせいで今回の件に巻き込まれたから、きっと言い出しにくかったのだろう。

「俺がついてるからといって飲み過ぎるなよ」

「ああ、わかってる」

しばらくすると、父は布団のある部屋へと消えていった。いつもだったら、とっくに熟睡している時間だ。自分のために無理して起きていてくれたことを、ありがたく思う。

ちゃぶ台でパソコンを開き、涼真は仕事の続きをする。新幹線の中でも集中してできたから、あと少しだけやって終わりにしよう。

風呂《ふろ》から出ると、父の大きないびきが聞こえた。

本当によかったな。そう思いつつ、涼真も寝ることにした。


早朝から父は鉄道のバイトに出かけていった。

サッカーの試合は午後からなので現地で合流する約束だ。父は楽しみで仕方ない様子で、いそいそと応援グッズを鞄《かばん》に入れていた。

もう少しゆっくり寝ていたかったが、朝からうるさい父のおかげで自然と目が覚めてしまった。まあ、こちらも午前中に用事があるのでちょうどよかったのかもしれない。

古沢は退院して事務所にいるそうだ。紗季から聞いて、連絡を取った。父の弁護を途中から受け継ぐ形になったので、古沢への報酬の件で話し合いたいと伝えてある。

涼真はタンスの引き出しにある通帳を手にする。この口座から着手金を支払ったと言っていた。事前に父にことわっておけばよかったが、話す暇がなかった。通帳を勝手に見たところで悪用するわけではないから何てことはないだろう。

「えっ」

思わず声が出た。釈放後の日付で、古沢個人宛《あ》ての振込み記録がある。その額が半端ない。六百万円。それは父がこの二十三年間、働いて少しずつ貯《た》めたものだろう。残高はほとんどなくなっている。

どういうことなんだ。

報酬にしては高額すぎるだろう。振込先が事務所ではないというのも、どういうことだ。確かめようと父に電話をかけるがバイト中で出ない。古沢に直接聞くしかないだろう。涼真はざわつく気持ちを抑えながら、電車に乗った。

裁判所の近くのビルに、古沢の事務所はある。

涼真に気づいた紗季が、応接室へ案内してくれた。

「よう、おつかれちゃん」

とても病み上がりとは思えない。明るい表情で古沢は迎えてくれた。

「先日退院されたばかりでしょう？　お体は大丈夫なんですか」

「もうベッドの上も飽きたし、家でじっとなんかしてられないんだよ」

耳を澄ますと、どこからか楽しげな音楽が聞こえている。机の上にある携帯用ゲーム機からの音のようだ。

「これが私の仕事だ。古沢はゲーム機を手に取った。さすがに飽きてきたんで、そろそろ趣味の刑事弁護でもするかな」

苦笑いで応ぜざるを得ない。

「それはそうと、よくやったもんだ。お父さんも喜んでるでしょう?」

「いえ、古沢先生のおかげです。僕は途中からの代打だったので」

古沢は、にやっと笑う。

「今日は、報酬の件で相談したいんだったね」

「はい」

「何か引っかかることでもあるのかな」

顔に出ていたのだろうか。あっさりと感情を見透かされていた。

涼真は意を決して、古沢の目を見る。

「いくら何でも高すぎるんじゃないでしょうか」

「お父さんは納得の上、振り込んでくれたよ」

「……父からは何も聞いてません」

「そりゃそうだろう。私と加瀬さんの契約なんだから」

息子には黙っていろと指示したのだろうか。

「古沢先生のことは疑いたくありません。僕にとって子どもの頃《ころ》から尊敬しているヒーローなんです。父が振り込んだのは報酬としてのお金なんでしょうか。詳しく説明していただけませんか」

涼真は思いを全部吐き出した。

なるほど、なるほど、と大げさに相槌《あいづち》を打つと、古沢はゲーム機の電源を切った。

「ちゃんと報酬も含まれている」

「それ以外は、何なんです」

「必要経費だったんだよ」

「どういうことです？　何に必要だったんですか」

「意外と鈍いんだねえ」

涼真は目をしばたたかせる。

「あのままでは負けていただろ？　突如として起こった奇跡の逆転劇。涼真くんは、奇跡なんてものが本当にあると信じているのかな」

得体のしれない嫌な予感が、涼真を包み込んでいった。

古沢は涼真の肩に手を置く。

「何の経費かって？　偽証の代償だよ」

涼真は大きく目を開けた。偽証という言葉が頭の中をめぐっている。

「あの傍聴人に偽証してもらったのさ。彼は店の常連客で、あのレシートも本物だよ。だけど、加瀬さんと一緒に飲んではいないし、見た記憶もないそうだ」

そんな馬鹿な。ありえない。

「先生、さすがに冗談ですよね」

「本当のことだよ」

古沢は、ゆっくりと首を横に振った。

「あの傍聴人に話をもちかけたら即決だった。私が倒れて入院する前に頼んであったから、間に合ってよかったよ」

言葉を失っていると、古沢は問いかけてきた。

「涼真くん。加瀬さんは八時頃、あの店にいたんだろ」

「はい。そうです」

「偽証罪の論点、覚えているかな？　偽証罪は〝虚偽の陳述〟を述べることで成立する。刑法で習っただろ。では〝虚偽の陳述〟とはどういうことなのか」

古沢は大学の教授のように、刑法を論じ始めた。

「記憶に反することを述べることという説があるね。だが客観的真実と合致すれば偽証罪にあたらないって考えもある。はたして今回の場合、あの傍聴人は偽証したことになるのかな」

「それは……」

「加瀬さんが午後八時にあの店にいたのなら、傍聴人は嘘《うそ》をついていることにはならないじゃないか。これは偽証じゃない」

　こんな屁理屈《へりくつ》を持ち出すとは。何をどう言おうとも、完全に偽証だ。

「どうしてなんですか」

　涼真は泣きそうな目で古沢を見つめた。

　この業界に入ってから、古沢の悪い噂《うわさ》を聞いた。だが、自分の知る古沢はそんな人間じゃない。根も葉もない嫌がらせなのだと思って、耳を貸さないようにしてきた。それなのに……。金の力で偽証させるなんて、完全に一線を越えてしまっている。

「どうしてかって？　正義のためだよ」

　涼真の口から声は漏れず、唇がわずかに震えるだけだった。

「ああする他に、どうやって無罪にできた？」

　古沢の目は笑っていなかった。

「違うかな、涼真くん」

　あのままだと父は有罪判決を受けていた。きっとそれは事実だろう。

「だからって……こんなことは赦されません」

「君に言わずにいたのは優しさだよ。相談すればそんなことできないと反対したはずだ。そして手をこまねいているうちに判決が下っていただろう。でも、君のお父さんは無実なんだろう？　救える手段があるのに放棄するのは、正義と言えるのか」

　古沢の語気が強くなっていく。

「この世にはいろいろな正義がある。弁護士の正義とは勝つことなんだよ。無実の人間が救いを求めていたら、どんな手を使っても助けるべきだ」

「それは違います！」

「違わないさ。今回の場合、偽証以外に方法がなかった。仕方ないだろう」

「そんなの間違っている。あなたのしたことは不正義です」

見もしらぬ他人に金で偽証させるしかないだって？　そんな馬鹿なことがあるか。

ふんと古沢は笑った。

青臭すぎる。高みから見られているような感覚だった。

古沢はくるりと背を向けると、金庫から何かを取り出してきた。

「これを見て、君はどう思う？」

透明なビニール袋に入れられているのは、何か薄汚い布に包《くる》まれたもの。古沢は手袋をして取り出す。慎重に布をめくると、ナイフが現れた。刃渡り十五センチくらいで、刃先が赤黒く変色している。まさか、これは……。

「加瀬さんから預かったものだよ」

嘘だ。目の前の光景がぐにゃりと歪《ゆが》んだ。

ある日、古沢は父から電話をもらったそうだ。警察から事情聴取に呼ばれているが、まずい状況にある。自転車のかごに汚い袋が入っていて、開けてみると、血の付いたナイフが出てきたという。

「助けてくれって相談を受けたんだよ」

古沢は涼真に顔を近づける。

「自転車にも血が残っているかもしれない。洗っても被害者のＤＮＡ型が検出されたら終わりだ。だから不自然に思われても、自転車は処分しなければいけなかったんだ」

声が出ない。

これまで自分を支えていたものが、音を立てて崩れていくのを感じた。

頭が真っ白になって、どれくらいそうしていただろう。袋に入った忌《い》まわしい凶器は、気づくと目の前に差し出されていた。

「これは君に渡しておくよ」

「…………」

「後は涼真くんの自由にするといい。検察にでも警察にでも持っていって構わない。そして言ったらどうだ？　あの判決は不正義だった。公判はやり直しだと。でも、君のお父さんはきっと悲しむだろうな」

涼真は手渡されたものの重みを、ただ感じていた。

「青臭さは嫌いじゃないよ。将来的に、それがとてもいい肥やしになるんだ。最初からすれているよりも、ずっといいんじゃないかな」

そう言って、古沢は涼真の肩を叩いた。

「期待しているよ」

涼真はしばらく立ち尽くしていたが、鞄の奥底に袋を突っこむと、気持ちの悪い笑みに見送られて古沢の事務所を出た。


サッカーの試合はとうに始まっていた。

あれからどこをどう歩いたのか、よく覚えていない。

涼真は公園のベンチで空を見上げていた。

道行く人が、みんな涼真の鞄を見ている気がする。パトカーのサイレンが聞こえると恐ろしくてたまらない。

何が本当で、何が嘘なのか。

偽証なんて信じがたいが、法外な金が父から古沢に振り込まれたことは事実。そして、この鞄の中に入っている血の付いたナイフ……。

父は人殺しなのか。

赦されない罪を犯したにもかかわらず、昔も今も嘘をつき通し、逃げ続けているというのが真実なのだろうか。

二度も無実で逮捕されるなんておかしい。やっているんじゃないか。父の逮捕を知ったとき、本当はすぐにそう思ったのに蓋《ふた》をした。それは無実を訴える父のためというより、自分のためだったのかもしれない。

お父さんは人殺しなんかじゃない！

泣いて訴えていた幼い頃と、ちっとも変わっていなかったのだ。

スマホに着信があった。父からだ。

ためらいつつ電話に出る。

スタジアムの音がうるさくて、父の声はなかなか聞こえなかった。

「今、ハーフタイムなんだ。涼真、仕事か」

やっと、そう聞こえた。

「遅いから心配になって。大丈夫か」

「ああ、ごめん」

父さん……俺はこれからどうすればいいいんだろう。

「来れそうか」

「……ああ。今からそっちに向かうよ」

小さくつぶやいて、通話を切った。

4

合同庁舎の一室で、会議が行われている。

加瀬の無罪判決を受けて行われる控訴会議だ。

立原は時計を見ながら、そちらの方をずっと気にしていた。

長いな。大丈夫だろうか……。

主任検事である二千花の他、検事正、次席検事に他の検事や副検事などが参加している。強引に起訴して無罪判決を許した以上当然かもしれないが、二千花はつるし上げを食らっていることだろう。

ようやく終わったようだ。ぞろぞろと人が出てくる。

最後に二千花が出てきて、扉を閉めた。

「検事、おつかれさまでした」

振り返った顔は、やはりいつもと変わらなかった。立原は待ちきれず、声をかける。

「控訴せずと決まりましたか」

「まだ決まっていませんよ」

笑う二千花に、立原は肩をすくめる。岩崎という重要な真犯人候補が出てきた現状、控訴はありえないだろうとは思う。ただ気になるのはこの前、二千花が言っていた言葉だ。

勝負はこれからです。

あの時、二千花も岩崎について知っていたはずだ。それなのにどうしてあんなことを言ったのか。それが気になる。

「立原さんったら、せっかちですね」

「はあ、そんなに簡単には決まりませんか……」

会議でどうだったかは別として、二千花自身はどう考えているのだろう。ひょっとして無理を承知で控訴をしようと考えているのではないか。気持ちはわかるが、私情に流されてはいけない。

いくら主任検事が控訴したいと強く主張しても、それが認められるとは限らない。特に控訴するかどうかの判断は、高裁とも連携して決めていかなければならず、簡単なことではないのだ。

与えられた時間は決して長くない。

決定猶予は二週間。だが実際は、さらに時間がない。連日押し寄せる他の事件もさばきつつの決定になるからだ。

立原は二千花とともに通常業務に戻る。

「会議、もっと早く終わるかと思ったんですけどね。すっかり肩こっちゃいましたよ」

そう言って二千花はのんきな様子で花に水をやり始めるが、つるし上げられていたのだろうから大目にみた。

立原はいつものように検事室で仕事をこなしていく。

「はい検事、まだ仕事はたっぷりありますからね。今日こそは早く帰れるように手早くいきましょう」

「はあい」

加瀬のことが気になろうと、まずは目の前の仕事をこなしていくしかないのだ。

「ああ。どうして現代社会は、時間に追われてばかりいるんでしょう」

二千花はため息をつくと、もたもたと送致記録を読み始めた。いつも帰りが早かった二千花も、最近は連日のように遅くなっている。

個人情報保護のためにマスキング作業をしながら、その横顔を見つめる。

思い出していたのは二十三年前のことだ。立原は加瀬が不起訴になったことに対し、被害者の岡野やその遺族に申し訳ない思いで一杯だった。二千花もまた今回の被害者である米山やその遺族に顔向けできないと思っているのではないか。父との因縁など無関係かもしれない。花瓶に生けられた優しい花を見ながら、立原はそう思った。

立原は二千花のためにコーヒーを淹《い》れようと席を立つが、二千花が語りかけてきた。

「立原さん、一つだけいいですか」

「何ですか」

「加瀬が逮捕された『カネゾウフーズ』の事件ですけど、自白したときの加瀬の様子についてもう一度、詳しく聞かせてくれますか」

「はあ?」

岩崎大二郎という男の存在も浮上していて、立原も今回の事件については加瀬が無実だった可能性が高いと思っている。

「どうか、お願いします」

真剣な顔にため息をつく。仕方ないな。そう思いつつ、立原は二十三年前の取調べメモを持ち出して詳しく話していく。二千花は静かに聞いていた。だがはっきり言ってやることも、今の彼女にとっては必要なのかもしれない。そう思い、立原は最後に付け加えた。

「検事、こんなことを聞いて何になると言うんですか。もう加瀬については決着したでしょう?」

「いえ、まだ終わってはいないんです」

控訴の可能性を追うつもりなのか。事件をどうするかは検事の権限だ。事務官がどうこうできるものじゃない。だが……。

「私は今回の事件の真相に迫りたい。だからどんな情報でも欲しいんです」

「検事……」

「罪人を赦してはいけないんです」

そう言った二千花の瞳は澄んでいた。

二千花の表情には、あきらめや敗戦処理のような色は見られなかった。ここまでくると、現実を受け入れられず、加瀬に執着しているだけにしか思えない。

このまま終わらせたくはない気持ちはこちらも同じだ。とはいえ加瀬についてはこれ以上しがみつく理由がない。

あなたは今、間違った方向に進んでいます。

目を覚まさせてやらなければいけない。

「検事、いいですか」

立原が語りかけたとき、電話が鳴った。

受話器を取って出ると、外線でかかってきているから転送する、ということだった。

「検事さんですか」

若い女性の声だ。

「いえ、事務官の立原です。どなたですか」

訊ねるが、相手は名乗らなかった。

さっさと切ろうとすると、女性は言った。

「加瀬は殺人犯です」

断言に息をのんだ。

「それなのにこのまま、野放しにする気ですか」

加瀬の事件、控訴させようとして誰かがかけてきているのか。こんな不審な電話に付き合っている暇などない。受話器を耳から離そうとすると、もう一度、声が聞こえた。

「加瀬の息子は凶器を持っています」

立原の背筋を冷たいものが走っていった。

「凶器？　どういう意味ですか」

「加瀬高志が米山さんを殺すのに用いたと思われるナイフですよ。間違いありません。古沢弁護士が隠し持っていたものが、加瀬の息子の手に渡りました」

「まさか」

「例の傍聴人の証言も偽証です」

偽証？　一気に現実感のない話になってきたので、気が抜けた。

「もう切りますよ」

「本当なんです。どうか信じてください。急がないと決定的な物証が消されてしまうかもしれないんですよ」

「あなたね、誰だか名乗れない理由はなんですか」

「それは……裏切っているからです」

立原は言葉を失う。本当のことなのか？　でも、とても信じられる内容ではない。ふと視線を上げると二千花の顔が近い。どうかしましたか、と目で訴えている。立原は受話器を押さえると小声で伝えた。

「黒木検事への匿名電話なんですが様子が変なんです。いたずらなのか何なのか」

「ええと、とりあえず代わってもらってもいいですか」

ためらいつつ立原は受話器を渡した。

「お電話代わりました、黒木です」

それから二千花は淡々と相槌を打ちながら、じっと耳を傾けていた。完全に聞き手に回っていて、立原には話の内容はわからない。

しびれを切らしかけたところで二千花は受話器を置いた。

「やっと真実が見えました」

嚙《か》みしめるように二千花はつぶやく。

「こんな電話、あまりあてには……」

「いえ、私は信じます」

二千花は熱のこもった、鋭い目をしている。こんな表情は初めて見た。

「どうする気ですか」

「今からけりをつけます。二十三年に及ぶこの事件に」

急ぎましょう、と二千花はコートを羽織って出ていく。

何をする気だ。

立原はわけもわからず、二千花の後を追った。

5

どんな顔をして父に会えばいいのだろうか。

いっそ、このナイフを警察へ持って行き、すべて委ねてしまった方が楽だ。でも、それでいいのか。俺はどうすべきなんだ。

浮かんだのは紗季の顔だった。

無罪判決まで一緒に頑張ってくれた紗季……。

さっき古沢の事務所で見かけたとき、微笑みかけてくれて嬉しかった。今日のサッカーのチケットも、彼女が無罪判決の前祝いにくれたものだ。

あの判決は、ただの幻だったのだろうか。こんな話とても信じてもらえないだろうが、相談できそうな相手は紗季しか思い浮かばない。そう思って何度も電話をかけているが、ずっと通話中だ。仕事中にしてもさすがにおかしい。

ひょっとして、着信拒否されているのか？

そんな不安がよぎったが慌ててかき消す。涼真はタクシーを拾うと乗りこんだ。

「サッカースタジアムまでお願いします」

運転手がメーターのスイッチを入れた。

刻一刻と父の元へと近づいていく。悩んでいる時間などないのだ。

やはり本人に直接聞くしかないと、心が定まってきた。

膝《ひざ》の上に抱えたナイフの入った鞄に視線をやる。たとえどんなに残酷な真実が待ち受けていたとしても、自分はすべてを知らなくてはいけない。その先どうするかは、その時、決める。

タクシーを降りると、地鳴りのような声が聞こえてきた。ちょうど試合が終わったようだ。父は歓声を上げているのか、それともがっくりうなだれているのだろうか。

スタジアムに入り、涼真はチケットの番号を見ながら席を探す。

応援歌が流れる中、晴れやかな笑顔で帰っていく人の流れに逆らって進む。見つけた。あの後ろ姿は父だ。他の観客と肩を組んで、喜びを分かち合っている。

「父さん」

「おう涼真、今頃来たのか。勝ったぞ」

ポップコーンを差し出されたが、そんなもの食べる気になれない。涼真は黙って腰かける。得意げに父は言った。

「ビールは我慢したぞ」

「……そうか」

「この後、一緒に飲もうな。ああ、いい気分だ」

勝ってよかったな。このまま父の満面の笑みを壊したくないと思ったが、それは一瞬のことだった。

「なんだ、何かあったのか」

鈍感なりにも何かを感じとったようで、父は涼真の隣におとなしく座る。

無言のまま、しばらく二人でフィールドを眺めていた。

観客がまばらになる中、選手の挨拶《あいさつ》やインタビューが終わっていく。試合の余韻が遠ざかり、周りに人はいなくなった。

涼真は覚悟を決めるように拳を握りしめる。

「父さん、これなんだけど」

鞄からビニール袋を取り出した。

布に包まれたナイフを見るなり、父は大きく目を開いた。

「なんだそりゃ、ゴミか」

とぼけた言葉だったが、声は震えていた。

「父さん、正直に言ってくれ」

まっすぐに目を見つめると、父はすぐにそらした。

「知らんよ」

「そんなはずないだろう」

「いいや、知らん」

「古沢先生に預かってもらっていたんだろ？　どうか本当のことを教えてくれ。頼むよ」

父は歯を食いしばった。それを見て涼真は口を閉ざし、返答を待った。

「すまん」

ようやくその言葉が漏れた。

「どうして俺に黙っていた」

父は返事の代わりに、苦しそうに顔をしかめる。

「父さんの自転車のかごに入っていたんだって？」

「……そうだ」

「それで疑われるのを恐れて、古沢先生に相談したって聞いた」

「ああ、その通りだ。犯人にされちまうから隠さなければと思ったんだ。先生に言われた通り、自転車は山に穴を掘って埋めたよ」

すまん、と父は繰り返した。

「でも俺は殺していない」

「父さん」

「信じてくれないのか」

「じゃあ、なんで何度も逮捕されるんだよ」

「…………」

「今も昔もやっていないと言い切れるのか」

父は顔を歪めた。

「もう何もかもが、わからないんだ！」

ためていたものが大声となって出た。

「父さんのこと、信じたいって思っているさ。だけど、信じられるかどうかは別だろ」

「涼真」

「昔、父さんが逮捕されたとき、よく覚えてはいないけど、すごく悲しかった。母さんは父さんのことを悪く言うけど、俺だけは父さんの味方だって思っていた」

泣きそうな顔で、父はこちらを見ている。

「父さんが殺人なんてするはずない。昔から俺の思考はそこで止まっていた。いや、無意識のうちに自分でせき止めていたんだ」

そんな自分に弁護人が務まるはずがなかったのだと、今だからわかる。

震えている自分の手を見て、涼真は気持ちを落ちつかせようと深く息を吐いた。

「子どもの頃から変わってなくて情けない俺だけど……弁護士になって、罪を犯した人とたくさん出会って、彼らから学んだことがあるんだ。悪は人じゃないって」

「人、じゃない？」

　涼真は大きくうなずく。

「悪は人でなく行為なんだ。悪いことをする人だって、時と場所が違えばいいこともする。完全な悪じゃないんだ。だけどどうしても人は、安心したくてわかりやすさを求めるのさ。いい人と悪い人に、はっきり分けたがる。この人はいい人だから悪いことはしない。この人は悪い人だから悪いことをするんだって」

　黙って父は聞いていた。

「俺は父さんのことを、いい人だって心の底から思っている。だからもし悪いことをしていたとしても、それは父さんの一部であって、全部が悪になることはないんだ」

　父の目には涙が浮かんでいる。

「父さん、教えてくれ」

「……涼真」

「俺が苦しむから、俺に迷惑をかけるから……そんなの言い訳だ。俺は真実が知りたい。だから本当のことを言ってくれよ。どんなことだって俺は受け止める」

　父は苦しそうに口を半開きにしたまま、しばらくこちらを見ていた。

　その顔は、何か心を決めたように映った。

「涼真、俺は……」

息を吸い込んだその時、声がかかった。

「加瀬さん」

どこかで聞いたことのある、女性の優しげな声だ。

父は観客席の上の方を見上げる。涼真もつられて顔を上げた。

ふわふわとした長い髪が風に揺れている。黒木二千花が微笑んでいた。

どうして彼女がここに？

ありえない出来事に、時が止まる。

涼真はナイフの入った鞄を、思わず背中の後ろに隠した。

6

スタジアムにいた観客は、いつの間にかまばらになっていた。

立原が見下ろす先には、戸惑う表情の父と息子がいる。

一歩一歩、二千花は階段を降りて、ゆっくりと彼らに近づいていく。

立原は黙って後を追った。久々に頭痛がする。二千花はどうするというのだ。ひょっとしてあの匿名の通報を信じてナイフを出せと言いに来たのか。もしそうならどうかしている。さっぱりわけがわからないが、成り行きを見守るしかない。

加瀬と涼真、立原の視線が集まる中、二千花は口を開いた。

「お話ししたいことがあるんですが、よろしいですか」

加瀬は通路に立つ二千花に向かって、しゃくり上げるように言った。

「こんなところで何を話すと言うんですか」

一陣の風が吹き、ふわりとなびく髪を二千花は押さえた。

「まだ終わっていないんです」

「……はあ?」

加瀬や涼真だけでなく、立原も顔をしかめる。

冷たい視線を浴びつつも、二千花はお構いなしに続ける。

「これは取調べでも実況見分でも何でもありません。ですから加瀬さん、どうぞ安心してください」

にこやかな二千花とは対照的に、加瀬は眉根《まゆね》を寄せて怖い顔をしていた。ただその怒りは、怯《おび》えを隠しているようにも感じられる。

「どうか正直にお話しください」

加瀬は目を白黒させながら、二千花と涼真を交互に見ていた。

「やめてください、黒木検事」

ようやく涼真が遮った。

「父のことを控訴して、まだ戦う気なんですね。だけどここはプライベートの場であり、裁判所じゃない。こんなことは弁護士として許せる行為ではありません」

　二千花は首をかしげる。

「加瀬先生は真実を明らかにしたくないんですか」

「真実……だって？」

「知りたいと思っているのでしょう？　この事件の真相について」

「それは……」

　涼真は一瞬言い淀んでから、父親の方を向いた。その眼光は何かを決意したように鋭い。

涼真は二千花に言い返した。

「それとこれとは話が別です」

「私は加瀬さんが、今なら本当のことをしゃべってくれると信じているんです。だからこうしてここに来ました」

　二千花は涼真から加瀬へと視線を移した。

「加瀬さん。事件の日に持っていた傘のこと、どうしても思い出せませんか」

「ああ」

「何色の傘だったかも覚えてない？」

「……そうだ」

　二千花は首を縦に振る。今さらそんなことを確認してどうするというのだ。

「韓国屋台の店主は初め、傘は緑色だと言っていましたね。でも、その後に現れた傍聴人はグレイの傘だと言った。そして結局、その傘はグレイだったという意見に統一された」

「そうです。もう決着したことです」

涼真が口を挟んだが、二千花は唇に人差し指を当てた。

「傍聴人は、偽証していた可能性があります」

立原は眉をひそめる。まさか二千花はあの匿名電話を信じているのか。確かに無視できない電話ではあったが、確証もなく信じることなどできるはずはない。

「加瀬先生。今ここにナイフを持ってきていらっしゃいますか」

涼真は目を開いたまま硬直している。

「もしそうでしたら、こちらに渡してはもらえませんか」

二千花は手を差し出した。

「検事！」

思わず声が出てしまった。あの電話を鵜呑《うの》みにして、いきなり渡せと言うなんておかしいだろう。これはさすがに止めなくてはならない。

そう思ったが二千花は構わず続けた。

「ほら。古沢先生に預かっていてもらったのを、返してもらったのでしょ？　血がついているということですから確かめないといけません」

「何を言っている？」

震えながら涼真が声を発した。

二千花はにこりとする。

「罪人を赦すわけにはいきません」

「なに？」

加瀬のまなざしはきついが、両手の拳が微《かす》かに震えていた。

その手を隠すように前に立ちはだかると、涼真は二千花を睨《にら》みつけた。

「検事……今、罪人と言いましたか」

「はい」

「公判で無罪になろうとも、あなたには父が罪人にしか見えないかもしれません。ですが僕にとっては、ただ一人の大切な父親なんです」

涼真は嚙みつくように言い放ったが、その後ろで加瀬は視線を下に落としていた。

「検事、それは父を控訴するという宣戦布告のつもりなんですよね？　勘違いしないでください。僕はどんな手を使ってでも無罪を勝ち取るという弁護士とは違います。ちゃんと真実と向きあうつもりです」

二千花は涼真の顔を見つめていたが、やがて静かに口を開いた。

「加瀬先生、あなたこそ勘違いをされているようです」

「どういうことですか」

「私は控訴する気なんてないんですもの」

立原は目が点になった。涼真も同じ顔だ。

控訴しない？　だったらどういうつもりなんだ。

「確かに最初は加瀬さんが犯人だと思っていました。でも今はそうじゃありません」

「……どういうことです？　今は違うと思っているんですか」

いぶかしげに涼真が訊ねた。

「はい」

「じゃあ、父の他に真犯人がいると？」

二千花はうなずく。涼真と加瀬は口を半開きにしたまま固まった。

立原も呆気《あっけ》にとられた。確かに現状、岩崎大二郎が犯人の可能性が高い。だが二千花はそれでも加瀬を控訴するつもりだと思っていた。

「私、ずっと気になってたことがあって。いたずら疑惑のある通報のことです」

「事件現場の近くで遺体を見たという、あれですか」

立原が問いかけると二千花はうなずいた。

確かにその通報の謎が置き去りになっていた。だがそれが事件と関係しているというのか。二千花には理解できたというのか。

「私はあの通報がいたずらや単純な勘違いなんかじゃなく、真実を告げていたのだと思っています」

確かに遺体を見たという通報は嘘とは思えない。米山の遺体が発見された日の前の晩に、あれだけ近い場所での通報なのだ。無関係ではあるまい。遺体を見つけた場所を間違えたという説で納得していた。

「どういうことだったと言うんです?」

立原は二千花に問いかけた。視線が彼女に集まる。

「それはですね……つまり、遺体は二つあったってことです」

「はあ?」

「通報者は米山さんとは別の遺体を発見し、警察に通報したのだと私は思っています」

二千花の言葉に誰もが口を閉ざした。それは考えていなかったことだった。

「ちょっと待ってください。同じ夜に極めて近い場所に遺体が二つもあった。そんな偶然がありえますか」

涼真が割って入るが、二千花は冷静な表情を崩さない。

「ありえますよ。米山さんを殺した犯人が、現場近くで自分の命を絶ったのなら」

立原は目をしばたたかせた。

犯人が自殺?　考えてもいなかったことだ。

「初めの通報者が見たのは、岩崎大二郎さんという人物の遺体だったと私は思います」

二千花はその名前を出した。

確かにそれなら一応の説明はつくが、大きな問題がある。

「だったらもう一つの遺体はどこに消えたんだ」

問いかけたのは加瀬だった。

その疑問は、ここにいる誰もが抱いているだろう。

「通報元の電話ボックスの通話記録を調べてもらいました。問題の通報時刻、午後九時五十五分に誰かが警察にかけています。ただそれより少し前、米山さんの死亡推定時刻あたりにも誰かがこの電話を利用しています。おそらく岩崎でしょう」

今どき電話ボックスの利用者は少ない。その可能性は高いだろう。

「通話のあった時刻が、午後八時十七分。人を殺してしまったと誰かに電話をかけて、その場に呼んだのでしょう。だけど駆けつける前に耐えきれず自殺してしまった。そして後からやって来たその人物が、岩崎の遺体を見て警察に通報した。でも通報している最中に、何かを思いついて途中で電話を切ってしまった」

そういえば通報は途中で切れたと言っていた。

「何を思いついたというんですか」

涼真が問いを発した。

「岩崎の遺体を隠すことです」

さらりと二千花は答えた。

「警察が見つける前に移動させて、どこかへ遺棄したのでしょう」

確かに一応のつじつまは合うが、自殺した遺体を隠してまで何がしたかったんだ。岩崎の死を隠すことにどんな意味があるというのだ。

「どうしてそんなことを？」

立原の問いに答えず、二千花は加瀬に視線を移す。

「その問いに答える前に加瀬さん。もう一度確認させてください」

加瀬は目をぱちくりさせた。

「本当に凶器の行方を知りませんか」

「………」

「心配しないでください。あなたを追及する気なんてないんです。もしあなたの自転車にナイフがあったのなら、誰かが意図的に置いたということの証明になる。私がこの問いを発するのは本当の罪人を追いつめるためなんです」

誰もが息をのむ中、二千花は続けた。

「岩崎の遺体を隠したのも、ナイフを加瀬さんの自転車のかごに入れ、代わりに傘を奪っていって現場に置いたのも加瀬さんを殺人犯にするため。死体遺棄罪と証拠偽造罪。これがこの事件の真相であり、私が赦せないと言った罪です」

「検事には、その人物が誰なのかわかるんですか」

涼真の問いに、二千花はうつむく。

「検事、いったい誰なんです？」

立原もたまらず問いを重ねた。

沈黙が流れ、二千花に全員の視線が集まった。

通報者については、涼真も加瀬もまるでわからないという顔だ。立原にもわからない。

だが、得体のしれない巨大なものがせり上がってくるような感覚だけがある。

やがて二千花はゆっくりと口を開く。

「私の父です」

一瞬、頭を殴られたような衝撃があった。

涼真も加瀬も目を大きく開けている。

ついこの間『とり敏』で一緒に飲んだばかりの本宮の顔が浮かんだ。まさか……。二千花が追いつめようとしていた罪人とは本宮のことだというのか。

「ありえない！　そんな馬鹿な」

立原は声を上げた。

「三席がそんなことをするはずがありません」

自然とその呼び名が出た。

確かに動機を持つ者など限られている。とはいえ遺体を隠して工作してまで、加瀬を狙《ねら》うなんて正気の沙汰《さた》とは思えない。よりによって、あの本宮が……。

だが二千花は悲しげな顔で首を横に振っている。

「決定的な証拠があるんです」

「証拠？」

「通報の録音記録です。初めて聞いたときにはわかりませんでした。それがまさか私の父の声だなんて思いもしないですからね。ですがもう一度しっかり、あの通報の声を聞いて確かめました」

そんなことが……立原は言葉を失った。

「父と通話した声を録音し、声紋分析にもかけてもらいました。その結果、間違いなく父のものでした。それだけじゃなく、父の手帳や仕事の資料などもこっそり調べて、岩崎と面識があったことも突き止めています」

立原はうっすらと思い出していた。そういえば加瀬の判決後、二千花が仕事を休んだ日があった。ショックに耐え切れず父の家を訪ねたのだとばかり思っていたが、すべて思い違いだったということか。

「いや、それでもありえない」

立原は首を大きく横に振ると、二千花を見つめた。

「本宮さんは誰よりも不正義を憎んでいたんです。もし検事の言うことが本当なら、あの人は冤罪《えんざい》を意図的に作ったということになります。無実の者を罪に陥れるだけでも十分に不正義です。その上、冤罪というのは真犯人を野放しにしてしまう。あの人がこんなことをするはずがないんです」

ありえない。立原はそう繰り返したが、二千花はため息をつく。

「きっと父にとっては、不正義じゃなかったんです」

「……どういう意味です?」

「あの時、父はこう考えたのだと思います。米山さんを殺した真犯人はすでに自殺している。別の人間を代わりの犯人に据えたとしても、真犯人が野放しになることはない。一方、加瀬さんを罪に問うことができる機会が目の前にあるのに、それをみすみす逃すことの方が不正義ではないのか……と」

　確かに理屈はわかる。普通の人間では到達できない心理だが、本宮ならそう考えてもおかしくはない。不正義を心底憎む本宮だからこそ、犯した罪だったのかもしれない。だが……そんなことがあるか。

　叫びたい思いを抑えたのは、二千花の厳しいまなざしだった。

「赦してはいけないんです」

　立原はその眼光に気圧《けお》されて言葉をのむ。

「……検事」

　立原は言葉に詰まった。

　平然としているかに見えた二千花の手が、かすかに震えていた。

　その震動が立原の心に伝わってくる。心のどこかで二千花の言うことがおそらく正しいのだとわかっている自分がいる。

　それでも抗《あらが》うように立原は言った。

「しかし検事、結局のところはすべて憶測ではないですか」

　立原は何とか問いを絞り出す。

「通報の主が本宮さんだったとしても、それだけであの人が遺体を隠したなんてことにはならない。違いますか」

「……おっしゃる通りです」

うなずく二千花の顔はどこかさみしげだった。

「この推測が正しいとしても、遺体を隠した場所までは私にもわかりません。犯人に自ら告げてもらうしかないんです」

立原は体がふらつきそうになるのを必死にこらえた。

自分はとんでもない勘違いをしていた。父親の無念を背負って、加瀬のことをあきらめきれずにいるとばかり思っていた。それなのに二千花は一人で……。

涼真も加瀬も言葉もなくただ突っ立っていた。

彼らの方へと、二千花はくるりと足を向けた。

「そういえば、大事なことを忘れていました」

二千花は加瀬に向かって深く頭を下げた。

「今回のことは本当に申し訳ありませんでした。加瀬さん、あなたは無実です」

突然の謝罪に加瀬は戸惑っている。

「……あ、ああ」

「犯人だと疑い、辛《つら》い思いをさせてしまったことを心からお詫《わ》びします。ただ加瀬さん、どうか証言してくれませんか？　あなたの自転車のかごの中にナイフが入っていたと。少なくとも誰かが罪を擦《なす》り付けようとしていたという証拠にはなります」

「それは……」

加瀬の言葉は途中で途切れた。

涼真も黙りこんでいる。

うなだれた加瀬親子を見つめると、立原は空を仰いだ。

こんなことになるとは思いもしなかった。元検事が無実の人間を罪に陥れるなどあってはならない。たとえ赦されないことをした罪人が野放しになっていても、それを裁けるのは神のみだ。だがこんな終わり方、ありえるのか。

力なく顔を上げると、二千花はどこか遠くを見つめていた。

立原もそちらに視線をやる。

通路を大きな影が走り去っていくのが見えた。

7

スタジアムを出ると、本宮は一人、電車に揺られていた。

ふらつきながらつり革につかまっていると、髪を白っぽく染めた青年が見かねたように席を譲ってくれた。

ありがとうと言う余裕すらなく、くずおれるように席に座る。

あの子に気づかれるとは思いもしなかった。

話があるから来てくれと、電話をもらいやって来た。スタジアムの入り口で見つけた二千花の横には立原もいて、様子がおかしかった。物陰から見ていると、二人が向かう先には加瀬とその息子がいた。

娘は私を追いかけて検事になったのだろう。いったい私のどこを見て、検事になろうと思ったのか。

――ねえ、お父さん。どうして悪いことした人に罰を与えなきゃいけないの？

あれは六年生の頃だ。社会の授業で裁判所について習ったのだと、久々に会った二千花は大人ぶるように聞いてきた。

――悪いことをしても、すっごく反省して二度と悪いことをしなかったら、罰なんて与えなくてもいいんじゃないの？

純真なまなざしで、少し答えに困った。

悪いことをされた人が苦しんでいる。その人たちのためにも罰を与えないといけないんだよと答えたが、二千花は首をかしげて納得いかないようだった。

考えたあげく、本宮はこう答えた。

悪いことをした人を捕まえて罰することが、みんなのためだから。

二千花がそれで納得したかどうかは覚えていない。

あの頃は、崩れてしまった信念をもう一度取り戻すため、自問自答を繰り返していた。

検事にとって正義とは何か？　検事は起訴不起訴を決めるだけが仕事じゃない。厳罰に問うことだけが仕事じゃない。被疑者と接し、被害者の声に耳を傾け、常識と向き合い、どういう処分を下せばみんなのために最良なのかを考えていく。しかし、それを全力でやることは大事なことだが、そこに正義のあり方まで求めるのはどうなのだろう。

不正義だけ知っていればいい。

最終的に自分がたどり着いた境地だった。検事として正義を求めるのは大切なことだが、自分にできる最善を尽くし、不正義だけ犯さなければいい。そう思って定年まで勤め上げた。

それなのに私は正義を求めた。

金沢に戻ってきてからよく飲みに行くようになった。そんなある日、居酒屋で飲んでいる加瀬を偶然にも見つけた。あいつは得意げに息子のことを自慢しながら、陽気に笑っていた。本来なら殺人犯としてまだ塀の中だったはずだ。それなのに二十三年前、自分が起訴することができなかったせいでこうなってしまった。そう思うとやり切れない思いでおかしくなりそうだった。本宮は後をつけ、加瀬の自宅まで行ったがどうすることもできなかった。

運命の歯車が回り始めたのは、それから半年ほど経《た》ってからだった。

あの日、スマホが鳴ったのは、午後八時十七分のことだった。

公衆電話の表示。

誰だろうと思って出ると、岩崎だった。興奮しきって泣いているようだ。ろれつが回っておらず、要領を得なかった。

殺したんだよ、人を。

その一言からようやく聞きとれるようになった。

金のことで揉《も》めて、米山という人をナイフで刺し殺してしまったこと、今、現場の近くにいること……。

すぐに行くから待っていろと伝え、慌てて車で向かった。

それなのに運悪く事故の渋滞に巻き込まれ、予想外に時間がかかってしまった。連絡しようにも連絡先を知らないし、慌てていてスマホも置いてきている。約束した公衆電話前に岩崎はおらず、近くを探した。

午後九時五十分。

岩崎は川沿いの桜の木にベルトをひっかけ、首を吊《つ》っていた。

早まったことを……。

到着が遅れなければ、命を絶たずにすんだのだろうか。

公衆電話から警察に通報したが、傍らに落ちている血まみれのナイフが目に入ったとき、本宮の中で何かがささやいた。

これを加瀬のせいにできないか。

あいつは殺人の罪を負うべき人間なのに逃げおおせている。岩崎は死によって自分の罪を償った。その代役を加瀬に務めさせても、きっと不正義ではない。

現場を見て、岩崎の犯した殺人は誰にも知られていないと判断した。ここに血の付いたナイフがある。もしこれが加瀬の自宅から見つかったら……。

本宮は何かに駆られるように通話を切ると、急いで岩崎の遺体をかつぎ上げ、車のトランクに乗せた。

自分でも何をしているのか、よくわからなかった。あったのは今しかない、この機会しかないという切迫感だ。

午後十時二十七分。加瀬は自宅にいる様子だった。

ナイフを加瀬の名前のある自転車に放りこむと、傘を持ち去り、現場に戻った。被害者の血を傘になすりつけてから川べりに置いた。それが午後十一時十九分のことだ。

行き当たりばったりの、勢いで起こした計画だった。

犯行時刻に加瀬のアリバイがあればアウト。誰かに見られたらアウトという、細い綱を渡るようなことをした。

だが一度回りだした歯車は、自分の力では止められなかった。

検事として被疑者を取調べていた頃、そういう視野狭窄《しやきょうさく》に陥った者たちをどれだけ見てきたことか。愚かだと憐《あわ》れんで断罪し続けてきたが、自分も同じだったのだ。

現場から車を二時間ほど飛ばし、山奥にやって来た。

土を深く掘って岩崎の遺体を埋めた。どれくらいかかったのか、無限にも思えるほどの時間だった。

すべてが終わって自宅に戻ったとき、すでに朝日が昇っていた。シャワーを浴びて布団に向かうと、これまでの人生でも経験したことのないような疲労感が襲ってきて、本宮は泥のように眠った。

粗い計画だ。当然のように誤算はあった。

まず岩崎が刺して逃げるところを目撃されていたことだ。ただし目撃者の記憶も不鮮明だった。岩崎と加瀬の特徴が似ていたことが幸いし、図らずも加瀬への疑いを強化するものになった。

そして、加瀬にはアリバイがあった。公判途中は問題視していなかったが、あの傍聴人の出現で暗転、無罪判決が出たときはすべてが崩れていくようだった。

だが最大の誤算は二千花だった。

加瀬を取調べたのが三席検事ではなく二千花であり、立原だと知ったとき、心臓が止まるかと思った。そして加瀬を弁護するのが古沢と、あの幼かった男の子……何という神の采配《さいはい》だろう。

あの子がこの犯罪に気づき、さらには暴こうとするなど思いもしなかった。

あまりにも代償の大きい犯罪だった。

私のことはどうなってもいい。だが逮捕されて罪が公になれば、二千花にも迷惑をかけてしまうだろう。どうしてこんなことをしてしまったのか。

加瀬、お前もそうだったんだな。

今なら気持ちがわかる気がする。愛するわが子のため、どんなに醜かろうが逃げ続けようと思ったんだ。ただその逃げ方は、お前とは違うんだ。

これから自分がすべきことはわかっている。

岩崎の遺体が見つからなければこの罪は立証できない。私のことをあの子は一生赦さないだろうが、それも構わない。迷惑だけはかけられない。元検事として私は私に最後の求刑をする。それは言うまでもなく、死刑だ。

駅から出ると、当てもなく歩いていった。

橋の上から川を眺める。もうここでいいだろう。

その時、スマホが振動した。

誰だろう。二千花か。そう思って見ると立原だった。電話になんか出なければいいのに、気づくと出てしまっていた。

「死ぬ気ですね」

思ったよりも静かに問いかけてきた。何も答えず、耳を傾ける。

「悔しくてたまらないですけど、僕のショックなんて黒木検事とは比べものにならないでしょうね。本宮さん……言いたいことはたくさんありますが、きりがないので、どうか一つだけ聞いてください」

話を長引かせ、とにかく死ぬことだけは止めようというのだろう。だが、こちらはすでに覚悟を決めている。そう簡単に揺らぎはしない。

「加瀬が警察署に自首しました」

「……何だって？」

無意識に声が漏れていた。

「二十三年前に岡野さんを殺したのは自分だと、そう告白したんです」

思いもしない事実に、言葉を失った。

不思議だった。加瀬が罪を認める。それはずっと望んでいたことのはずなのに、喜びの感情はない。ただ驚きだけがあった。

「ただ本宮さん、私たちは間違っていたようです」

「どういう意味だ？」

立原はふうと息を吐いた。

「犯行動機です」

「なに？」

「加瀬が岡野さんを殺した動機、それは頼まれたからだそうです」

「頼まれた？　いったい誰に」

「岡野さん本人にです。岡野さんは長年連れ添った奥さんを亡くしたことに絶望して、小刀で喉元《のどもと》を突いて自殺を図った。でも死にきれず、たまたま忘れ物を取りに会社に戻ってきた加瀬に殺してくれと頼んだんだそうです。代わりに金を持って行けと。それに応じて一度は金庫を持ち去った。しかし加瀬はすぐに正気に戻り、こんなことをして得た金など使えないと、凶器と一緒に捨てたんです」

目の前が真っ白くなった。

加瀬が岡野を殺したことには間違いない。だがそれが本当だとしたら、同意殺人だ。加瀬のことを責めきれないではないか。

何かが崩れていく感触だった。

「本宮さんは言ってましたよね。これだけは覚えておいてほしいって。似たような事件でも、一つとして同じものはないって」

ああ、覚えている。確かに私はそう言った。

ようやくわかる気がした。そうか、私は加瀬を野放しにすることの不正義にとらわれ、いつの間にか事件そのものを見つめることができなくなっていたのだ。

殺人罪、殺された人は一人……そのことだけで二つの事件の罪の重さは同じと考え、加瀬を米山を殺した犯人の代役に据えようとした。

なんて馬鹿げていたんだろう。一つとして同じ罪などないのに。そもそも加瀬の殺人は同意殺人だった。罪を裁くなど思い上がりも甚《はなは》だしい。

どうしたのだろう。死ぬつもりだったのに。

どうしたのだろう。この罪の重さはわかっているつもりだったのに。

「三席」

久しぶりに聞く呼び名だ。立原は優しく語りかけてきた。

「今夜は星がきれいですね」

本宮はゆっくりと空を仰ぎ見る。

雲一つない夜空に、冬の星座が瞬いていた。

終章

今日の取調べが済んだのは、外が真っ暗になってからだった。

立原は合同庁舎の窓から、外を眺める。

予報では雪になると言っていたが、まだ降ってはいないようだ。立原は肩を大きく回して鳴らすと、コーヒーを淹《い》れた。

「検事、おつかれさまです」

机の上に、そっとカップを置く。

「ありがとう、立原さん」

二千花は微笑《ほほえ》むと、そっとカップに口をつけた。

「最近気づいたんですけど、立原さんって猫舌なんですか」

「そうですよ」

やっぱり、と二千花は声を上げる。

「かわいいですね」

「……はあ、そうですか」

立原はコーヒーにミルクを注ぎ、ふうふうと息を吹きかける。

この日、三件目の身柄事件の取調べは長くかかった。一見すると平凡な傷害事件だったが、二千花は気になる点があったようで、とことん調べ上げていた。そんな彼女だが、仕事によっては驚くほどあっさり済ませてしまう。それで初めは誤解していたが、検事としての嗅覚《きゅうかく》に優れ、バランス感覚がいいのだと今ではわかっている。

父親とスタイルは全く違うが、芯《しん》は同じだ。

本宮は自首した。

すぐに逮捕され、今、別の検事が取調べている最中だ。

供述通り、山奥から岩崎の遺体も発見された。当然ながら加瀬は控訴されず、米山の殺人容疑については無罪が確定した。

死体遺棄と証拠偽造は、決して赦《ゆる》されるものではない。しかも元検事が元被疑者を陥れようとした事件として、世間は騒然となった。その娘として、二千花はこの先、どのように検事を続けていくのだろう。代償はあまりにも大きい。

「黒木検事」

「はい?」

父親を罪に問うことに、ためらいはなかったんですか。

言いかけて、その問いを飲み込んだ。

「……スイーツ、買ってきましょうか」

「何ですか、急に。うれしいですけど」

「自分にご褒美、でしたよね。たまにはおごりますよ」

二千花は満面の笑みで喜んだ。こういうところは花より団子ということか。

「うちの娘もしょっちゅうコンビニでスイーツを買ってきては一人で食べているんですよ。たまには私の分も買ってきてくれてもいいんですがね」

「立原さん。自分に優しくできない人は、人にも優しくできないんですよ」

「はあ」

「まずは自分！　大事なことです」

力強くうなずいたが、少し違うような気もした。

「ヒイラギの葉っぱは自分を守るためにトゲがあります。でも安全だとわかると丸くなっていくんです。不思議でしょ？　人間だって同じだなって……」

またよくわからない話が始まったようだが、いちいち気にしないことにしよう。二千花には穏やかに笑っていてほしい。

スタジアムで加瀬がすべてを打ちあけたとき、二千花はこうなることがわかっていたかのようだった。息子の涼真は、どんな思いで父の言葉を聞いていたのだろう。

この先もし岡野の同意殺人が認められたら、時効で加瀬は不起訴になる。

だが今の彼らには、不起訴になりたいとか無罪になりたいとか、そういった欲のようなものはすでにないのだろう。どんな結果になろうとすべて受け入れる。そんな風に見えた。

「検事、じゃあ、スイーツ買ってきます」

「はい。楽しみに待ってますね」

立原は外に出て、プリンやらケーキやらを買いこんだ。他の仲間たちの分も、ついでに差し入れだ。洋菓子店を出ると雪がちらついてきたので、紙袋を手に急いで庁舎へ戻る。

検事室へ向かう途中、ふと、視線をやった。

そろそろ取調べも終わる時間だろうか。

そう思いつつ部屋の前を通ると、ちょうどのタイミングで扉が開いた。

警官に連れられて、大柄な老人が出てくる。

立原はかける言葉がなかった。

こんな姿、想像できただろうか。どうしてこんなことになったのか、真相をすべて知った今でもわからない。

本宮はじっとこちらを見て、頭を下げた。

娘を頼む。

そう言っているように思えた。

何があろうと、二千花が本宮の娘であることは揺るがない。彼女は一生、父親の罪を背負っていかなくてはならないのだ。

検事室に戻ると、二千花は窓際に佇《たたず》んでいた。静かに外を見ている。

「黒木検事」

「はい」

振り向くが、それ以上、会話は続かなかった。

「……いえ、何でもありません」

もし真実に気づいていても、言わずにおけば何事もなく済んでいたのかもしれない。

秋霜烈日。

いつも穏やかな彼女は、誰よりも厳しく熱い正義を内に秘め、これからも生きていくのだろう。

窓の外には、雪が深々と降っている。

押送車が一台、検察庁を出ていく。

二千花は遠い目で、そのテイルランプを追っていた。

本書はハルキ文庫の書き下ろし作品です。

ハルキ文庫

た 27-1

罪人《つみびと》に手向《たむ》ける花《はな》

著者 大門剛明《だいもんたけあき》

2021年 3月18日第一刷発行

発行者 角川春樹

発行所 株式会社角川春樹事務所
〒102-0074 東京都千代田区九段南2-1-30 イタリア文化会館

電話 03(3263)5247(編集)
03(3263)5881(営業)

印刷・製本 中央精版印刷株式会社

フォーマット・デザイン 芦澤泰偉
表紙イラストレーション 門坂 流

ISBN978-4-7584-4399-9 C0193 ©2021 Daimon Takeaki Printed in Japan
http://www.kadokawaharuki.co.jp/[営業]
fanmail@kadokawaharuki.co.jp[編集] ご意見・ご感想をお寄せください。